AMOR ENTRE VIÑEDOS

KA

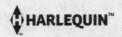
W9-DAS-543

HARLEQUIN™

Editado por HARLEQUIN IBÉRICA, S.A.
Núñez de Balboa, 56
28001 Madrid

© 2010 Pamela Brooks
© 2014 Harlequin Ibérica, S.A.
Amor entre viñedos, n.º 2001 - 1.10.14
Título original: Red Wine and Her Sexy Ex
Publicada originalmente por Mills & Boon®, Ltd., Londres.

I.S.B.N.: 978-84-687-4787-3
Depósito legal: M-20641-2014
Editor responsable: Luis Pugni
Impresión en CPI (Barcelona)
Fecha impresion para Argentina: 30.3.15
Distribuidor exclusivo para España: LOGISTA
Distribuidor para México: CODIPLYRSA
Distribuidores para Argentina: interior, BERTRAN, S.A.C. Vélez
Sársfield, 1950. Cap. Fed./ Buenos Aires y Gran Buenos Aires,
VACCARO SÁNCHEZ y Cía, S.A.

Capítulo Uno

Allegra Beauchamp había vuelto.

Xavier se despidió de su abogado y colgó el teléfono, alterado por la información que acababa de recibir.

Aquello era ridículo. Habían pasado varios años y ya no pensaba en ella. Lo había superado por completo. Entonces, ¿por qué reaccionaba de esa forma? Por ira; ira ante la perspectiva de que volviera e interfiriera en sus asuntos. Xavier había puesto todo su corazón y toda su alma en los viñedos, y no iba a permitir que Allegra apareciera de repente y destrozara una década de trabajo.

No confiaba en ella. Incluso descontando el hecho de que le había partido el corazón, de que lo había abandonado cuando más la necesitaba, era la misma mujer que había dejado en la estacada a su propio tío abuelo, al hombre que le había ofrecido su casa todos los veranos, cuando era una niña.

Allegra ni siquiera se había tomado la molestia de volver a Francia para asistir al entierro de Harry. Se había quedado en Londres, como si no le importara nada. Y ahora se apresuraba a volver para reclamar su herencia: una mansión y quince hectáreas de viñedos de primera calidad.

Su actitud era repugnante.

Pero, en cierto sentido, le facilitaba las cosas. Si a Allegra solo le importaba el dinero, le vendería su parte de la propiedad y se marcharía a pesar de lo que le había dicho a su abogado esa misma tarde. Allegra tenía una idea tan romántica como falsa de lo que significaba dirigir un viñedo, y Xavier estaba seguro de que se aburriría enseguida y volvería a Londres.

Lo mismo que había hecho diez años antes. Con la salvedad de que, esta vez, no se llevaría su corazón con ella. Solo se llevaría su dinero.

Xavier abrió el cajón de la mesa, sacó las llaves del coche y salió del despacho, decidido a hablar con Allegra. Quería solventar el asunto cuanto antes.

Allegra se llevó la taza de café a los labios, pero el amargo y oscuro líquido no la ayudó a despejarse.

Empezaba a pensar que había cometido un error al volver después de tanto tiempo. Debería haber aceptado la sugerencia de su abogado y haber vendido su parte de la propiedad al socio de Harry. Se debería haber contentado con ir de visita al cementerio, dejar unas flores en la tumba de su tío abuelo y volver a Londres. Pero había regresado a la vieja mansión de piedra en la que había pasado tantos veranos, durante su infancia.

Ni siquiera sabía por qué estaba allí. Solo sabía que se había arrepentido de haber tomado esa decisión en cuanto llegó a Ardeche. Al ver la casa, al distinguir el aroma de las hierbas que crecían en los tiestos de la cocina, se sintió profundamente culpable.

Culpable por no haber vuelto antes. Culpable por no haber estado cuando la llamaron por teléfono para decirle que Harry había sufrido un infarto. Culpable por no haberse enterado a tiempo del fallecimiento de su tío abuelo. Culpable por no haber podido estar, ni siquiera, en su entierro.

Además, todos los habitantes del pueblo la miraban mal. Había oído sus murmuraciones al cruzar la plaza; y había notado la frialdad de Hortense Bouvier, el ama de llaves de su difunto tío abuelo. En lugar de recibirla con un abrazo cálido y una buena comida, como había hecho tantas veces en otros tiempos, Hortense la había saludado de un modo brusco, sin molestarse en disimular su desaprobación.

Pero, al menos, no había visto a Xavier. Solo le habría faltado que apareciera de repente en la cocina y se sentara a la mesa, junto a ella, con su sonrisa devastadora y sus intensos ojos, de color verde grisáceo.

Allegra echó un vistazo a la cocina, llena de objetos que le recordaban al pasado, y se dijo que había pocas posibilidades de que Xav se presentara en la casa. Diez años antes, le había dicho que su relación estaba acabada y que se marchaba a París a empezar una vida nueva, una vida sin ella.

Ni siquiera sabía si seguía soltero. Quizás se había casado; hasta era posible que tuviera hijos. En cierta ocasión, Allegra intentó cerrar la brecha que se había abierto entre Harry y ella y los dos llegaron al acuerdo tácito de no hablar de Xavier. Ella no preguntaba porque el orgullo se lo impedía; él, por no crear una situación incómoda.

Agarró la taza de café y pensó que, después tantos años, ya debería haberlo superado. Pero, ¿cómo podía superar un amor que había sobrevivido desde la infancia? Se había enamorado de Xavier Lefevre cuando ella tenía ocho años y él, once. Fue amor a primera vista. Le pareció el chico más guapo del mundo.

Cuando llegó a la adolescencia, lo seguía a todas partes como si fuera una perrita. Siempre estaba perdida en sus ensoñaciones de amor; siempre, preguntándose qué sentiría si alguna vez se llegaran a besar. Incluso había llegado a practicar los besos, jugando con el dorso de la mano, para estar preparada cuando Xavier se diera cuenta de que era algo más que la vecina de al lado.

Todos los veranos perseguía al objeto de sus sueños con la esperanza de que se fijara en ella. Y todos los veranos, él se limitaba a responder con la misma amabilidad y el mismo distanciamiento que dedicaba a todos los demás.

Pero, al final, llegó el momento que tanto esperaba. Xavier dejó de tomarla por una niña irritante que lo seguía constantemente y empezó a verla como una mujer.

Desde entonces, se volvieron inseparables. Fue el mejor verano de la vida de Allegra. Estaba convencida de que su amor era recíproco; de que no importaba que ella tuviera que volver a Londres para continuar con sus estudios y él, marcharse a París para empezar a trabajar. Estarían juntos durante las vacaciones, se verían en Londres los fines de semana y, cuando ella saliera de la universidad, vivirían juntos.

Xavier nunca le había dicho que tuviera intención de pedirle matrimonio, pero Allegra sabía que estaba enamorado de ella y que lo quería tanto como ella a él.

Y entonces, todo se hundió.

Al recordarlo, Allegra tragó saliva y se dijo que no debía pensar en esas cosas. Había dejado de ser una adolescente llena de ilusiones absurdas y se había convertido en una mujer adulta. Además, el socio de Harry no era Xavier sino Jean-Paul Lefevre, su padre. Xavier no estaba allí. Por lo que ella sabía, seguía en París. Y tenía el convencimiento de que no se volverían a ver.

Justo entonces, Hortense entró en la cocina y declaró con frialdad:

–El señor Lefevre ha llamado. Estaba en los viñedos y me ha dicho que le gustaría verte. Llegará en un par de minutos.

Allegra frunció el ceño. Habían quedado para el día siguiente, pero supuso que era una visita de cortesía. Jean-Paul tenía fama de ser un hombre de modales impecables; seguramente, solo quería darle la bienvenida a Les Trois Closes.

Minutos después, la puerta se abrió. Pero el

hombre que entró en la cocina no fue Jean-Paul, sino Xavier.

Allegra se llevó tal sorpresa que estuvo a punto de derramar el café. ¿Qué estaba haciendo allí? ¿Por qué había entrado sin llamar? ¿Creía que podía entrar en el domicilio de Harry, en la casa que ahora era suya, cuando le apeteciera?

–¡Xavier! Siéntate, por favor –dijo Hortense, dedicándole todo el cariño que le negaba a ella.

Hortense le dio un beso en la mejilla y, cuando Xavier se sentó, le sirvió una taza de café y se la puso en la mesa.

–Bueno, *chéri*, te dejaré a solas con la señorita Beauchamp.

Hortense se marchó y Allegra se quedó en silencio, demasiado sorprendida para pronunciar una sola palabra.

A sus treinta y un años, Xavier Lefevre era en un hombre hecho y derecho. Algo más alto de lo que ella recordaba, y de hombros más anchos. Su piel morena hacía que sus ojos, entre verdes y grises, parecieran aún más penetrantes.

Allegra se fijó en que llevaba el pelo revuelto y ligeramente largo, con un estilo que le pareció más propio de un músico de rock que de un genio de las finanzas. Además, no se había afeitado. Por su aspecto, cualquiera habría dicho que se acababa de levantar de la cama.

Pero, fuera como fuera, su presencia bastó para que se sintiera como si la temperatura de la cocina hubiera aumentado diez grados de repente. Y también bastó para que recordara lo que se sentía al quedarse dormida entre sus brazos, después de hacer el amor.

Por lo visto, tenía un problema. ¿Cómo mantener el aplomo y pensar con claridad si lo primero que le venía a la cabeza era el sexo y lo segundo, lo mucho que lo deseaba?

Tenía que sacar fuerzas de flaqueza y refrenar su libido.

–*Bonjour, mademoiselle* Beauchamp –dijo Xavier con una sonrisa enigmática–. He pensado que debía acercarme a la casa y saludar a mi nueva socia.

Allegra lo miró con desconcierto.

–¿Tú eres el socio de Harry?

Xavier asintió.

–En efecto.

–Pero, ¿cómo es posible? Pensaba que seguías en París.

–Pues no.

–No entiendo nada. El señor Robert me dijo que el socio de Harry era monsieur Lefevre –alegó ella.

–Y lo es... –Xavier le dedicó una reverencia burlona–. Permíteme que me presente. Soy Xavier Lefevre, siempre a tu servicio.

–Ya sé quién eres –replicó ella, irritada con su comportamiento–. Pero eso no responde a mi pregunta. Pensaba que mi socio era tu padre.

–Me temo que llegas cinco años tarde.

Ella soltó un grito ahogado.

–¿Es que tu padre ha... ?

–Sí.

–Lo siento. No tenía ni idea. Harry no me dijo nada –se apresuró a decir–. Si hubiera sabido que había fallecido…

–Oh, vamos, no me digas que habrías asistido a su entierro –la interrumpió–. Ni siquiera estuviste en el de Harry.

Allegra alzó la barbilla, orgullosa.

–Tuve mis motivos –se defendió.

El no dijo nada. Allegra pensó que, quizás, estaba esperando una explicación. Pero se dijo que no le debía explicaciones.

–Supongo que mi presencia te resultará molesta. Seguramente piensas que, habiendo sido el socio de Harry, tendría que haberte dejado toda la propiedad a ti.

–Ni mucho menos –declaró él–. Me parece normal que te dejara una parte. A fin de cuentas, eras su familiar más directo… Aunque nadie lo creería, teniendo en cuenta tu comportamiento de estos últimos años.

Allegra frunció el ceño.

–Eso es un golpe bajo.

Xavier se encogió de hombros.

–No es más que la verdad, *chérie*. ¿Cuándo lo viste por última vez?

–Hablaba con él todas las semanas, por teléfono.

–Hablar por teléfono no es lo mismo.

Ella suspiró.

–Seguramente sabes que Harry y yo discutimos

cuando me fui a Londres –dijo ella, sin querer añadir que habían discutido por él–. Al final, nos re-
conciliamos… pero admito que no venir a verlo
fue un error por mi parte.

Allegra tampoco quiso decir que la razón princi-
pal por la que no había vuelto era su miedo a en-
contrarse con él. Si se lo hubiera dicho, Xavier habría sabido que sus antiguos sentimientos no
habían muerto; que su deseo había permanecido
latente.

Un deseo que, en ese momento, se había des-
pertado.

–Si hubiera sabido que se encontraba tan mal
de salud, habría vuelto –continuó–. Pero no sabía
nada. No me lo dijo.

–Por supuesto que no. Harry era un hombre orgulloso. Pero, si te hubieras tomado la molestia de
pasar a visitarlo de vez en cuando, lo habrías sabido.

Ella guardó silencio.

–Ni siquiera viniste cuando supiste que estaba
enfermo –siguió él.

–No vine porque el mensaje me llegó después,
cuando ya era demasiado tarde.

–Pero tampoco estuviste en su entierro.

–Tenía intención de asistir, pero estaba en Nueva York, de viaje de negocios.

–Qué inconveniente –ironizó él.

Allegra respiró hondo.

–Bueno, ya ha quedado demostrado que soy
una mala persona –dijo con frialdad–. Y como na-

die puede cambiar el pasado, será mejor que lo olvidemos.

Él se encogió de hombros.

Ella pensó que era el hombre más irritante del mundo.

–¿Qué haces aquí, Xavier? ¿Qué quieres?

La quería a ella.

Xavier se dio cuenta en ese momento, y se quedó atónito. ¿Cómo era posible? Allegra lo había abandonado y, además, ya no era la dulce, tímida e insegura *petite rose anglaise* que había sido a los dieciocho años. Ahora era una mujer impecablemente arreglada y dura como el diamante bajo el traje que se había puesto. Y en sus labios no había nada dulce. Estaban tensos. Ya no le recordaban a las primeras rosas del verano.

Aquello era una locura. Se suponía que había ido a la casa para hablar con ella y convencerle de que le vendiera su parte de la propiedad, no para admirar su boca y recordar sus besos, sus caricias, el contacto de su piel cuando hacían el amor y el destello de sus ojos azules cuando estaba leyendo un libro y se daba cuenta de que él la miraba.

Tenía que hacer algo. No debía dejarse llevar por el deseo.

–¿Y bien? Estoy esperando una respuesta –dijo ella.

–No quería nada especial. Estaba dando un paseo por los viñedos y he llamado a Hortensia para saber si estabas aquí, sin más intención que saludarte y darte la bienvenida a Francia. Pero, ya que te pones así, hay un asunto que me preocupa.

–¿De qué se trata?

Xavier no había sido completamente sincero con Allegra. Era cierto que solo pretendía saludarla, pero también que quería aprovechar la ocasión para observar sus reacciones y valorar su actitud sobre las tierras que había heredado.

–Hace años que no vienes a Francia –contestó–. Supongo que los viñedos no te interesan demasiado, así que estoy dispuesto a comprar tu parte de la propiedad. Habla con algún especialista y pídele una valoración. Aceptaré el precio que considere oportuno. Incluso estoy dispuesto a pagar sus honorarios.

–No.

Xavier arqueó una ceja. No esperaba una negativa tan tajante. Pero existía la posibilidad de que solo fuera una estrategia para aumentar el precio, así que preguntó:

–¿Cuánto dinero quieres?

–No te voy a vender mi parte.

Él frunció el ceño.

–¿Es que se la vas a vender a otra persona?

Xavier se empezó a preocupar de verdad. Allegra no sabía nada de viñedos; era capaz de vendérselos a una persona que los descuidara demasiado o que utilizara pesticidas industriales y les hiciera perder el certificado de productos ecológicos.

–No se lo voy a vender a nadie. Harry me dejó la casa y la mitad de los viñedos por una buena razón… Quería que me quedara aquí.

Él hizo un gesto de desdén.

–Creo que te estás dejando llevar por tu sentimiento de culpabilidad, Allegra. Sabes que me deberías vender tu parte. Es lo más lógico.

Ella sacudió la cabeza.

–Me voy a quedar.

Xavier la miró con incredulidad.

–Pero si no sabes nada de viñas…

–Aprenderé. Y, entre tanto, dedicaré mis esfuerzos al marketing. A fin de cuentas, es lo que sé hacer.

Xavier se cruzó de brazos.

–No me importa lo que sepas hacer. No voy a permitir que juegues con mis viñedos. Te aburrirías enseguida y te marcharías al cabo de una semana.

–No me iré. Además, te recuerdo que también son míos –dijo ella con firmeza–. Harry me dejó la mitad y me siento obligada a hacer lo que pueda con ellos.

Xavier clavó la mirada en los ojos de Allegra y supo que estaba diciendo la verdad. Se iba a quedar porque se sentía en deuda con Harry.

Sería mejor que le diera un poco de cuerda y que retomara el asunto al día siguiente. Con un poco de suerte, Allegra lo consultaría con la almohada y entraría en razón.

–Muy bien, como quieras. –Xavier se levantó de la silla–. Supongo que Marc te habrá dicho que mañana tenemos una reunión…

Ella parpadeó.

–¿Marc? ¿Es que estás en contacto con el abogado de Harry?

–También es mi abogado –dijo él, sin querer añadir que Marc era amigo suyo–. Pero no te preocupes por eso. Te aseguro que no me ha dicho nada de ti. Es el hombre más profesional que conozco.

–Pues sí, ya sabía lo de la reunión. Es a la ocho en punto, ¿no?

Xavier asintió.

–Sí, aunque podríamos retrasarla un poco. Has hecho un viaje muy largo y sospecho que estarás cansada.

Ella entrecerró los ojos.

–¿Es que no me crees capaz de levantarme temprano?

–Yo no he dicho eso… Prefiero que retrasemos la reunión hasta las doce. En verano, no se puede estar en los viñedos a mediodía; por el calor –le explicó–. Trabajo en los campos a primera hora y, después, me encargo de los asuntos administrativos. ¿Qué te parece si quedamos al mediodía en mi despacho del *château*? Te invito a comer.

–De acuerdo. Como tú quieras.

Xavier dudó un momento. Había estado a punto de inclinarse sobre ella y darle un beso en la mejilla por ver si la desequilibraba un poco, pero se lo pensó mejor. Allegra le gustaba demasiado. Si le daba un beso de despedida, era posible que le saliera el tiro por la culata. Así que se limitó a decir:

–*A demain, mademoiselle* Beauchamp.

Ella inclinó levemente la cabeza.

–*A demain, monsieur* Lefevre. Nos veremos al mediodía.

Capítulo Dos

A la mañana siguiente, Allegra se conectó a Internet y se dedicó a mirar la página web del viñedo. Quería estudiar la situación para ir a la reunión con algunas ideas y propuestas.

El edificio no había cambiado nada durante su ausencia; seguía tan grandioso e imponente como antes, de piedra pálida salpicada por altos balcones de contraventanas blancas.

Cuando bajó del coche, un aroma a rosas se volvió tan intenso que intentó localizarlas con la mirada; pero no estaban a la vista y supuso que se encontrarían detrás de la casa.

¿De quién habría sido la idea de la rosaleda? ¿De la esposa de Xavier, quizás?

No se lo podía preguntar a Hortense sin dar la impresión de que Xavier le interesaba demasiado. Estaba allí por un simple asunto de negocios.

Miró la hora y vio que eran las doce y dos minutos. No había llegado tan pronto como pretendía, pero había llegado lo suficientemente pronto como para poder jactarse de ser puntual.

Se dirigió a la puerta y llamó. Al cabo de unos instantes, le abrió un joven de cabello rubio, que se quedó asombrado al verla.

–*Mon Dieu, c´est Allie Beauchamp!* ¿Cuánto tiempo ha pasado…? *Bonjour, chérie.* ¿Qué tal estás?

El joven sonrió de oreja a oreja y le dio un beso en la mejilla.

–*Bonjour,* Gay. Han pasado diez años… y estoy muy bien, gracias. –Allegra le devolvió la sonrisa–. Me alegro mucho de verte.

–Y yo de verte a ti. ¿Has venido a pasar las vacaciones?

Ella sacudió la cabeza.

–No exactamente. Soy la nueva socia de tu hermano.

Guy arqueó una ceja.

–Mmm.

–¿Mmm? ¿Qué quieres decir con eso?

–Nada, pero ya conoces a Xav.

–Sí, ya lo conozco.

–Por la hora que es, supongo que estará en su despacho.

–Lo sé. Me está esperando –dijo Allegra–. Pero olvidé preguntar dónde demonios está su despacho.

–Y él olvidó decírtelo, por supuesto…

–Eso me temo.

–Típico de él –dijo Guy–. No te preocupes. Te acompañaré.

–¿Vas a estar en la reunión?

–¿De qué vais a hablar? ¿De los viñedos?

Ella asintió.

–Entonces, no. Los viñedos son asunto de Xav, no mío. Yo me limito a venir los fines de semana, beberme sus vinos e insultarle un poco –declaró con una sonrisa pícara–. Por cierto, lamenté mucho lo de Harry. Era un buen hombre, Allie.

A Allegra se le hizo un nudo en la garganta. Desde su regreso a Francia, Guy era la primera persona que la recibía con afecto y la llamaba por su antiguo diminutivo, Allie. Era el único que no parecía despreciarla por haber cometido el delito de no asistir al entierro de su tío abuelo.

–Sí, yo también lo siento.

Guy la llevó por el lateral de la casa, hasta un patio que daba a una zona de oficinas.

–Gracias por acompañarme –dijo ella.

Él volvió a sonreír.

–De nada… Si te vas a quedar unos días, podrías volver otra vez y cenar con nosotros.

–Será un placer, Guy.

–Entonces, hasta luego.

Tras despedirse de Guy, Allegra entró en el edificio. Como la puerta del despacho de Xavier estaba abierta, ella vio que él estaba dentro y que estaba tomando unas notas en una libreta. Parecía sumido en sus pensamientos. Aquella mañana se había afeitado, pero tenía el pelo revuelto. Se había remangado la camisa y sus fuertes brazos revelaban el vello oscuro que los cubría.

Allegra lo encontró exquisitamente atractivo. Se tuvo que clavar las uñas en las palmas para no hacer algo absurdo como abalanzarse sobre él, ponerle las manos en las mejillas y darle un beso apasionado.

Respiró hondo y se recordó que ya no era su amante, el hombre con el que había soñado vivir.

Xavier miró a Allegra, que llevaba otro de sus trajes de ejecutiva agresiva. Desde su punto de vista, no podía estar más fuera de lugar. En esa época del año, todo el mundo se dedicaba a trabajar en las viñas; y los viñedos no eran el lugar más adecuado para llevar trajes y zapatos de tacón alto. Los trajes se podían desgarrar con las ramas y los tacones se hundían irremediablemente en el terreno.

–Gracias por venir… Pero siéntate, por favor.

Ella se sentó y le dio una cajita cerrada con un lazo dorado.

–Es para ti.

Él miró el objeto con interés.

–Me pareció que sería más apropiado que un ramo de flores o una botella de vino –continuó Allegra.

–*Merci*.

Xavier quitó el lazo, apartó el envoltorio y se encontró ante una de sus debilidades: una caja de bombones de chocolate negro.

Fue toda una sorpresa. Jamás habría imaginado que se acordara de sus gustos, ni esperaba que se presentara con un regalo.

–Muchas gracias, Allegra –repitió–. ¿Te apetece un café?

–Sí, por favor.

Ella lo siguió hasta la pequeña cocina americana.

–¿Te ayudo? –preguntó.

Xavier pensó que solo lo podía ayudar de una

forma: vendiéndole su parte de la propiedad y marchándose de allí antes de que la tumbara sobre la mesa y le hiciera el amor. Pero, naturalmente, no se lo dijo.

—No, no hace falta.

—¿No me vas a preguntar si lo quiero con leche y azúcar?

Él sonrió.

—Siempre te gustó solo.

Sirvió dos tazas de café y las puso en una bandeja. A continuación, alcanzó un bol con tomates, un pedazo de queso, una barra de pan, dos cuchillos y dos platos. Cuando ya los había llevado a la mesa, dijo:

—Sírvete tú misma.

—Gracias.

Como Allegra no se movió, él arqueó una ceja y cortó un pedazo de pan y un poco de queso.

—Discúlpame por no esperar a que te sirvas tú —dijo—. Tengo hambre… He estado en los viñedos desde las seis.

—Bueno, ¿de qué quieres que hablemos? —preguntó ella.

—Podríamos empezar por lo más importante. ¿Cuándo me vas a vender tu parte de los viñedos? —replicó.

—No insistas, Xav; no tengo intención de vender —dijo—. ¿Por qué no me concedes una oportunidad?

A Xavier le pareció increíble que le preguntara eso. ¿Por qué le iba a conceder una oportunidad?

Allegra lo había abandonado cuando más la necesitaba, y no se iba a arriesgar a que le hiciera otra vez lo mismo.

Además, empezaba a desconfiar de sí mismo en lo tocante a ella. No había pegado ojo en toda la noche porque no podía creer que Allegra le gustara tanto como a los veintiún años. Era una debilidad que no se podía permitir.

–Tú no perteneces a este sitio –replicó–. Mírate: ropa de diseño, un coche de lujo…

–Llevo un traje normal. Y el coche ni siquiera es mío; es alquilado –puntualizó ella–. Me estás juzgando mal, Xav. Estás siendo injusto.

Xavier arqueó una ceja. En su opinión, era bastante irónico que una persona que lo había dejado en la estacada lo acusara de ser injusto. Tuvo que hacer un esfuerzo para refrenar su irritación. Y fue un esfuerzo parcialmente fracasado.

–¿Qué esperabas, Allegra?

–Todo el mundo comete errores.

–Sí, claro que sí –dijo él con sarcasmo.

Ella suspiró.

–Ni siquiera me vas a escuchar, ¿verdad?

–¿Para qué? Ayer nos dijimos todo lo que teníamos que decir.

–Te aseguro que esto no es un capricho –insistió Allegra–. Estoy decidida a hacer un buen trabajo.

Justo entonces, Xavier se dio cuenta de que tenía ojeras y comprendió que tampoco ella había dormido bien. Por lo visto, él no había sido el único que había estado pensando en los viejos tiempos. Y debía admitir que, al menos, Allegra había tenido el coraje necesario para volver a un lugar donde sabía que todo el mundo la despreciaba.

–Está bien –dijo a regañadientes–. Escucharé lo que tengas que decir.

–¿Sin interrupciones?

–No te lo puedo prometer, pero te escucharé.

–De acuerdo.

Ella alcanzó el café y echó un trago. No había probado la comida.

–Harry y yo terminamos mal cuando me fui a Londres la primera vez. Terminamos tan mal que me juré que no volvería a Francia. Pero más tarde, cuando salí de la universidad, empecé a ver las cosas de otra manera e hice las paces con él. Desgraciadamente, ya me había asentado en Londres y... –Allegra se mordió el labio–. Bueno, olvídalo. No sé por qué intento explicártelo. No lo entenderías.

–¿Quién está juzgando a quién ahora?

Ella sonrió con timidez.

–Como quieras –dijo–. Tú creciste aquí, ¿verdad? ¿Cuánto tiempo lleva tu familia en estas tierras? ¿Un par de siglos?

–Algo así.

–Y siempre supiste que pertenecías a este lugar...

Él asintió.

–Sí, siempre.

–Para mí fue diferente. De niña, viajé con mis padres por todo el mundo. Cuando su orquesta no estaba de gira, mi madre daba conciertos como solista y mi padre la acompañaba. Nunca estábamos mucho tiempo en el mismo sitio, y las niñeras no duraban demasiado... Al principio, se alegraban de tener la oportunidad de viajar; pero luego se daban cuenta de que mis padres trabajaban todo el tiempo y de que esperaban que ellas hicieran lo mismo.

Allegra respiró hondo y siguió hablando.

—Cuando no estaban en un escenario, estaban practicando y no se les podía molestar. Mi madre practicaba tanto que a veces le sangraban los dedos. Y cada vez que yo me empezaba a acostumbrar a un lugar, nos íbamos otra vez.

Xavier comprendió lo que le pretendía decir.

—Y cuando te estableciste en Londres, no quisiste volver a Francia. Habías encontrado tu hogar. Habías echado raíces.

Ella asintió.

—Exactamente. Y podía hacer lo que quisiera con mi vida. No tenía a nadie que me presionara y me arrastrara a intereses que no eran los míos, por buenas que fueran sus intenciones —dijo Allegra—. Gracias por comprenderlo.

Xavier suspiró.

—Bueno, aún no lo entiendo del todo... —le confesó—. Siempre pensé que, para ti, la familia era lo primero.

—Y lo era. Pero yo tenía otros motivos para no volver a Francia.

—¿Yo?

—Sí, tú.

Xavier se alegró de que mencionara el asunto. Al menos, ya no tendrían que fingir que no pasaba nada.

—Pero has vuelto ahora…

—Porque pensaba que no estarías aquí.

Él frunció el ceño.

—¿Cómo es posible? He sido el socio de Harry desde la muerte de mi padre. Lo sabías.

Ella sacudió la cabeza.

—No sabía nada. Harry y yo no hablábamos nunca de ti.

Xavier entrecerró los ojos. ¿Estaba insinuando que Harry y ella habían discutido por él y que, tras hacer las paces, habían decidido no hablar de ello?

—¿Qué estás haciendo aquí, Allegra? ¿Por qué has vuelto precisamente ahora?

—Porque se lo debo a Harry. Y no me vuelvas a recordar que no asistí a su entierro —le advirtió—. No fue culpa mía. Además, ya me siento bastante culpable.

—No tenía intención de recordártelo —dijo Xavier con tranquilidad—. No tengo derecho a juzgarte por lo que pasó… Pero, además de ser mi socio, Harry era amigo mío. Y creo que merecía algo mejor.

Ella se ruborizó un poco.

—Yo también lo creo.

—¿Qué pudo pasar que fuera tan urgente? Dijiste que estabas de viaje de negocios… ¿No pudiste retrasar tus compromisos?

–Lo intenté, pero el cliente se negó a cambiar la fecha de nuestra reunión.

–¿Y no te podían sustituir?

Ella soltó un suspiro.

–Según mi jefe, no –dijo–. Hice lo posible por acelerar las cosas, pero terminé tarde y perdí el avión.

Xavier la miró con desconfianza.

–No me digas que no había otro vuelo…

– Estuve una hora en el aeropuerto, intentando encontrar una combinación que me llevara a Francia a tiempo de asistir al entierro de Harry, pero no la había.

–¿Y tus padres? Tampoco se presentaron –le recordó.

Ella se encogió de hombros.

–Estaban en Tokio y no podían asistir porque habrían tenido que suspender un concierto. Ya sabes cómo son…

–Sí, ya lo sé.

Allegra lo miró con intensidad.

–Si vas a decir que soy como ellos, ahórratelo. Es verdad; puse los negocios por delante de la familia. No debería haber sido así.

–Bueno, al menos admites que cometiste un error.

Ella no dijo nada.

–¿Y qué vamos a hacer ahora? –continuó él.

–¿Confiabas en el buen juicio de Harry?

Xavier inclinó la cabeza.

–Sí.

–Pues es evidente que Harry confiaba en mí. De lo contrario, no me habría dejado su parte de los viñedos.

–Comprendo. Me estás pidiendo que yo también confíe en ti.

–En efecto.

Él se pasó una mano por el pelo.

–Allegra… ¿Qué sabes tú de viñedos?

–¿Ahora mismo? Muy poco, por no decir nada –admitió–. Pero aprendo deprisa. Estudiaré y trabajaré lo necesario para poder ser útil.

–¿Y hasta entonces?

–Intentaré ser útil en otras facetas del negocio.

–¿Como por ejemplo…?

–Ya te lo dije ayer. El marketing. Fui jefa del departamento creativo de la agencia donde trabajaba. Soy capaz de organizar una campaña publicitaria con cualquier presupuesto. Pero necesitaré más información… ya sabes, para saber cómo van las cosas y dónde se puede marcar la diferencia.

–¿Qué tipo de información?

–Para empezar, los planes a cinco años vista. Tengo que saber qué producimos, cuánto producimos, a quién vendemos y cómo distribuimos los vinos.

–Ya veo…

–También tengo saber quién compite con nosotros y qué producen… Ah, y qué clase de campañas de publicidad has hecho en el pasado. Sé que tenemos una página web, pero necesito compararla con las páginas de la competencia –explicó–.

Cuando estudie la situación, te daré un análisis general y mis recomendaciones al respecto.

–Oportunidades, amenazas, puntos débiles, puntos fuertes... –dijo él, mirándola a los ojos–. ¿Crees que no conozco mi propio negocio?

Ella se sintió derrotada y él se dio cuenta. Pero también se dio cuenta de algo más importante: que, bajo su apariencia segura y profesional, se encontraba una mujer vulnerable, terriblemente frágil.

Si la presionaba en ese momento, se rompería y le vendería su parte de los viñedos.

Sin embargo, sabía que más tarde se odiaría a sí mismo. De repente, sentía la necesidad de protegerla. ¿Cómo era posible? Aquella mujer le había partido el corazón. No debía protegerla. Debía protegerse de ella.

–¿Me estás diciendo que tienes intención de dirigir tu parte de los viñedos desde Londres? –preguntó con ironía.

–No. Desde aquí.

Xavier se quedó perplejo. ¿Allegra se iba a quedar en Ardeche? ¿Lo iba a condenar a verla todos los días?

–Hace unos minutos, me has dicho que tus raíces estaban en Londres.

Ella suspiró.

–Y lo están.

–¿Entonces?

–No he dicho que mi decisión sea racional, Xav. Es lo que es. Me quiero poner en los zapatos de Harry, por así decirlo... y, obviamente, no puedo hacer ese trabajo si me quedo en Londres –respondió–. Además, Ardeche fue mi hogar durante muchos veranos, cuando era una niña.Puede serlo otra vez.

Xavier pensó que llegaba diez años tarde. En otra época, habría deseado que se quedara y se convirtiera en su esposa. Ahora, solo quería que lo dejara en paz y volviera a Londres.

–¿Y qué vas a hacer con tu trabajo actual?

–Estoy en paro.

–¿Desde cuándo? –se interesó.

–Dimití ayer, después de hablar con mi abogado.

Xavier recibió la noticia con emociones contrapuestas. Por una parte, le alegró saber que el compromiso de Allegra era firme; al menos, ahora sabía que no tenía intención de vender su parte de la propiedad a otra persona. Por otra, aumentó su preocupación.

–¿Qué pasará si las cosas salen mal? ¿Por qué crees que van a salir bien?

–Porque pondré todo mi empeño en ello.

Él asintió; no podía negar que era una mujer resuelta y valiente, dos virtudes más que necesarias en su negocio. Pero seguía sin creer que mantuviera su compromiso.

–Trabajar en unos viñedos no se parece nada a trabajar en una oficina –alegó–. Tendrás que trabajar en las propias viñas… y no puedes trabajar con ese aspecto.

–El trabajo duro no me asusta. Enséñame lo

que tengo que hacer y lo haré. Además, no necesito trajes y zapatos caros. No tengo ni los conocimientos ni la experiencia de Harry –continuó ella–. No estoy en modo alguno a su altura, pero aprendo deprisa y, cuando no sé algo, pregunto. No soy de las que cometen errores por falta de atención.

–Quizás deberías saber que Harry no trabajaba en el negocio –dijo en voz baja–. Era socio a distancia.

–Entonces, ¿no me vas a conceder esa oportunidad?

Él se pasó una mano por el pelo.

–Me has interpretado mal, Allegra. Harry tenía ochenta años y, obviamente, no podía trabajar tanto como yo. Él lo sabía, así que dejó los viñedos en mis manos.

–¿Qué me intentas decir? ¿Que me puedo quedar, pero solo si me mantengo a distancia? –preguntó–. Olvídalo, Xav.

–No te estoy ofreciendo un trato. Me limito a decirte cómo son las cosas –replicó–. A veces, acudía a Harry para pedirle consejo sobre algunos asuntos; pero contigo no podría porque, como bien has dicho, no tienes ni sus conocimientos ni su experiencia.

–También he dicho que tengo otras habilidades que, por cierto, son muy útiles. Si me das la información que te he pedido, te presentaré unas cuantas propuestas. No sé nada de viñas, pero sé de otras cosas que te pueden venir bien.

Xavier respiró hondo.

–La información que me pides es material clasificado, Allegra.

–Descuida. Soy tu socia y no voy a permitir que caiga en malas manos. Lo que afecta a nuestro negocio, me afecta a mí.

Xavier comprendió que no iba a renunciar y se preguntó si podía confiar en ella, si se podía arriesgar otra vez.

Allegra tenía razón en una cosa; Harry no le habría dejado la mitad del negocio en herencia si no la hubiera creído digna de confianza. Y Xavier siempre había respetado el buen juicio de su difunto socio. Además, Xavier no olvidaba que Marc había hablado en su favor cuando hablaron por teléfono y que Guy, su propio hermano, se había tomado la molestia de abandonar su precioso laboratorio durante unos minutos para acompañarla al despacho.

Por lo visto, Allegra contaba con el apoyo de las únicas personas en las que él confiaba. Un motivo importante para concederle una oportunidad.

La volvió a mirar y pensó que tal vez se había dejado llevar por los fantasmas del pasado. También era posible que se estuviera engañando a sí mismo por la sencilla razón de que la deseaba. Con su vuelta, Allegra había llenado un vacío que, hasta entonces, solo podía llenar con el trabajo.

–¿Y bien? –preguntó ella con suavidad.

Xavier asintió.

–Imprimiré los documentos que necesitas. Estúdialos a fondo y llámame si tienes alguna duda –declaró.

–Gracias. No te arrepentirás.

–Faltan dos meses para la vendimia. ¿Qué te parece si los aprovechamos como periodo de prueba? Si podemos trabajar juntos, excelente; si no podemos, me venderás tu parte de la propiedad y te irás. ¿De acuerdo?

Ella lo miró con desconfianza.

–Si no sale bien, ¿seré yo quien se tenga que marchar? ¿Yo quien sufra las pérdidas?

–Tus raíces no están aquí, Allegra; pero las mías, sí.

Allegra guardó silencio durante unos segundos. Luego, le ofreció una mano y dijo:

–Muy bien, dos meses. Cuando termine el plazo, volveremos a hablar. Pero consideraremos la posibilidad de disolver la asociación y de que yo me quede con los viñedos.

Xavier le estrechó la mano. Era tan obstinada como valiente.

Al sentir el contacto de su piel, se habría acercado a ella y habría asaltado su boca como en los viejos tiempos. Pero si querían que aquello saliera bien, tendrían que mantener las distancias.

–Trato hecho.

Capítulo Tres

Allegra dedicó el resto del sábado a estudiar los documentos de Xavier, consultar cosas en Internet y tomar notas. Xavier le había dado su número de teléfono, pero no su dirección de correo electrónico. Y no le podía enviar un informe al móvil, no si quería incluir gráficos y fotografías. Al final, le envió un mensaje donde le decía que se iba a Londres al día siguiente, que volvería el martes o el miércoles y que necesitaba una dirección de correo para enviarle sus propuestas.

Xavier contestó aquella misma noche, aunque de forma bastante escueta. Al parecer, se había convertido en un hombre escueto en palabras. Si lo quería impresionar, sería mejor que actuara en consecuencia y le enviara un informe lo más breve, conciso y exacto que fuera posible.

Los días siguientes, iba a estar muy ocupada. Tenía que cerrar los cabos sueltos de su vida en Londres y pensar en ideas que convencieran a Xavier de que podían hacer un buen trabajo.

–Lo siento, Guy. No tengo hambre.
Xavier miró la *cassoulet* y apartó el plato.

–Sé que está un poco pasada, pero estaría bien si hubieras contestado al teléfono cuando te llamé por primera vez.

–Lo siento.

–¿Por qué te has retrasado? ¿Algún problema en los viñedos?

–No.

–¿Algún cliente que no ha pagado lo que te debe?

Xavier sacudió la cabeza con impaciencia.

–Tampoco. Todo va bien.

Guy se cruzó de brazos y miró a su hermano con seriedad.

–¿Que todo va bien? Oh, vamos… trabajas hasta la extenuación y tienes unas ojeras como si llevaras varios días sin dormir. No me puedes engañar, Xav. Ya no soy un niño. Y no necesito que me protejas como hacíais papá y tú cuando la cosecha había sido mala y el banco se negaba a concedernos otro crédito.

–Lo sé… Pero no intento protegerte, Guy.

–Si es un problema de dinero, es posible que te pueda ayudar. La marca de perfumes va bien. Te puedo prestar lo suficiente para salir del agujero, como tú hiciste hace un par de años conmigo.

Xavier sonrió. Había ayudado a Guy cuando su exmujer lo dejó en la ruina y a punto de tener que vender su empresa para sobrevivir.

–Gracias, *mon frere*. Te lo agradezco mucho, pero no es necesario. Los viñedos van bien. No necesito dinero.

–Ah… se trata de Allie.

Xavier dudó un momento.

–¿Allie? Qué tontería.

–Lo siento, hermanito, pero te he pillado. Has tardado demasiado en responder –dijo–. La sigues queriendo, ¿verdad?

Xavier se encogió de hombros.

–Si aún la quisiera, no habría salido con otras mujeres.

–Mujeres con las que nunca has llegado a nada –dijo Guy–. No en el sentido que tuvo tu relación con Allie.

–Eso pasó hace muchos años, Guy. Los dos hemos crecido, cambiado… Ya no tenemos nada en común.

–Si tú lo dices… Pero tengo la impresión de que estás buscando excusas para convencerte a ti mismo.

–No, no es eso. Admito que su vuelta me ha descolocado un poco, pero solo porque no esperaba volver a verla –afirmó–. Olvida el asunto, Guy. No me apetece hablar de Allegra.

–Está bien, como quieras. Pero si necesitas hablar en algún momento, ya sabes dónde estoy. –Guy le dio una palmada en la espalda–. Estuviste a mi lado cuando Vera me la jugó, y yo estaré a tu lado cuando lo necesites.

Xavier asintió.

–Quién sabe. Puede que los Lefevre estemos condenados a elegir mal en cuestión de mujeres. Papá, tú, yo… Menudo desastre.

Guy sonrió.

–Sí, es posible. Y también es posible que no hayamos encontrado aún a las mujeres adecuadas para nosotros.

Xavier pensó que Allegra había sido la mujer adecuada para él; pero, lamentablemente, él no lo había sido para ella. Y si quería que su asociación funcionara, sería mejor que lo tuviera presente.

En Londres, Allegra no tuvo tiempo ni de respirar. Además de trazar un plan sobre los viñedos, tuvo que traspasar su piso de alquiler a su amiga Gina, decidir qué se quería llevar a Francia y qué debía dejar en Inglaterra, recoger las cosas que tenía en el despacho e intentar no llorar en exceso cuando descubrió que Gina y sus compañeros le habían preparado una fiesta de despedida a la que asistieron todos menos su exjefe.

Estuvo tan ocupada que ni siquiera pensó en Xavier.

Hasta que subió al tren que la llevaría de vuelta a Avignon. Entonces, estuvo pensando en él siete horas seguidas. En él y en el hecho de que no hubiera contestado a ninguna de sus propuestas ni le hubiera preguntado cuándo regresaba.

Pero se llevó una buena sorpresa cuando el tren se detuvo en la última estación, donde debía tomar otro para ir a Ardeche. Xavier la estaba esperando.

Llevaba unos vaqueros negros y una camisa

blanca, remangada y con el cuello abierto. Estaba tan guapo que no parecía un vinicultor, sino un modelo de publicidad. Y todas las mujeres que pasaban, se lo comían con los ojos.

Cuando la vio, alzó una mano y la saludó. Allegra apretó el paso y, por fin, dejó las maletas en el suelo.

—¿Qué estás haciendo aquí?

—¿Es que no me vas ni a saludar?

—*Bonjour, monsieur* Lefevre —dijo con ironía.

—*Bonjour, mademoiselle* Beauchamp —replicó, sonriendo.

—Y ahora que ya nos hemos saludado, ¿qué estás haciendo aquí?

—Me tenía que acercar a Avignon por una reunión de negocios y tú necesitas que alguien te lleve a Les Trois Closes, así que decidí venir a buscarte.

Ella arqueó una ceja.

—Gracias, pero ¿cómo lo sabías?

—Me lo dijo Hortense.

Allegra parpadeó.

—¿Hortense?

—Sí. Y ahora, ¿nos vamos a quedar en la estación todo el día o prefieres que nos vayamos?

Xavier se encargó de sus maletas.

—Las puedo llevar yo —dijo ella.

—Por Dios, Allegra… Puede que los ingleses no tengan modales, pero estás en Francia.

—Está bien, como quieras.

—¿Qué tal te ha ido en Londres?

—Bien.

–¿Esto es todo lo que traes?

–He dejado el resto de mis cosas en un trastero –explicó.

–Por si las cosas no salen bien, supongo… –comentó él.

Allegra no supo si el comentario era un halago o un insulto, así que lo dejó pasar.

–¿Has recibido las propuestas que te envié?

–Sí.

–¿Y?

–Me lo estoy pensando.

Allegra decidió no presionarle al respecto.

–¿Qué tal tu reunión?

–Bien, gracias.

–Supongo que estaría relacionada con los viñedos…

–A decir verdad, no.

Allegra lo miró con cara de pocos amigos; por lo visto, estaba decidido a no darle explicaciones. Pero Xavier sonrió de repente y declaró:

–Bueno, te diré la verdad. No tenía ninguna reunión de negocios. Me he tomado el día libre y he estado comiendo con Marc.

–¿Con Marc? ¿Con monsieur Robert? ¿Con mi abogado?

–Con tu abogado que también es el mío –le recordó él–. Pero tranquila, no hemos estado hablando de ti.

Al salir de la estación, Allegra se llevó otra sorpresa. El coche de Xavier era el que su padre le había regalado en la adolescencia, el viejo coche con el que la había llevado por toda Ardeche y desde el que le había enseñado todas las maravillas de la naturaleza de la zona.

–¿Qué ha pasado con tu deportivo?

–Que no era práctico. Y este lo es.

–¿Que no era práctico? –preguntó perpleja.

Allegra no entendía nada. Xav había estado enamorado de aquel deportivo, un vehículo clásico que había arreglado con ayuda de Michel, el dueño del taller mecánico de la localidad. Le dedicó tanto tiempo que Guy y ella le tomaban el pelo constantemente.

–A veces, tengo que ir en coche por caminos de tierra o llevar varias cajas de vino a algún cliente –explicó Xavier.

–Lo comprendo… Pero, si ahora te interesan tanto las cosas prácticas, ¿por qué le has puesto una tapicería tan elegante? –se burló ella.

–Porque tampoco hay que exagerar, ¿no? –respondió él–. No esperarás que vaya por ahí con poco más que un carro y un burro…

–Desde luego, sería más ecológico –observó.

–El motor de mi coche es ecológico.

–¿Lo dices en serio?

–Bueno, en realidad es un híbrido; mitad eléctrico, mitad de gasolina –contestó–. Quizás te sorprenda, pero esas cosas me importan mucho. He invertido mucho dinero para conseguir que nuestros vinos tengan el certificado de producto ecológico.

Allegra se quedó perpleja. Era evidente que Xavier había cambiado.

***

Dos maletas no eran demasiado. Xavier sabía de mujeres que llevaban más equipaje para pasar un simple fin de semana, y Allegra iba a estar allí dos meses. ¿Qué pensaba hacer? ¿Volver a Londres a recoger el resto de sus cosas? ¿Encargarse de que se las enviaran?

Fuera como fuera, había otro asunto que le quería preguntar.

—¿Cómo te vas a mover por Ardeche?

—Supongo que el dos caballos de Harry sigue en la casa…

—Sí, pero hace años que no se utiliza. Tendrías que llevarlo a un mecánico para que lo ponga a punto, si es que se puede —declaró—. ¿Qué has hecho con tu coche? ¿Lo has dejado en Inglaterra?

—Yo no tengo coche. En Londres no lo necesito. Utilizo el transporte público.

—¿Y si tienes que salir de la ciudad?

—Entonces, voy en tren o alquilo un vehículo.

Él asintió y cambió de conversación.

—¿Por qué has dejado tu empleo? Podrías haberte tomado un año sabático.

—Dudo que ese canalla me lo hubiera concedido.

Xavier arqueó una ceja.

—¿Ese canalla? ¿Te refieres a su jefe?

—Al que ha sido mi jefe los seis últimos meses.

—Ah…

–Peter compró la agencia una semana después de que mi antiguo jefe se jubilara. Yo pensaba que me ascendería, pero ha contratado a otra persona para que ocupe su puesto. Es evidente que no cuento con su confianza.

–Lo siento.

Ella se encogió de hombros.

–No lo sientas. Me alegro de haberme marchado. Peter fue el culpable de que no pudiera asistir al entierro de Harry. Cuando le comenté lo sucedido y le pedí que cambiara la fecha de la reunión, me dijo que no podía ser... que la empresa estaba por encima de cualquier otra cosa –dijo.

–Comprendo que te hayas ido –replicó Xavier–. Pero, ¿qué habrías hecho si Harry no te hubiera dejado la mitad de los viñedos?

–No lo sé. Supongo que buscarme otro trabajo o establecerme por mi cuenta –contestó.

–Si me vendes tu parte de los viñedos, te daré una suma tan generosa que podrás abrir tu propia empresa. Podrías volver a Londres y hacer lo que quisieras.

Ella alzó la barbilla.

–No voy a vender, Xav. Me voy a quedar aquí –sentenció–. Deja de presionarme como si fueras un vulgar matón.

Xavier la miró perplejo.

–¿Como un vulgar matón?

–Bueno, quizás he exagerado un poco, pero intentas intimidarme.

–Yo no intento intimidar a nadie.

–Pero intimidas de todas formas. Tienes puntos de vista tajantes y ningún miedo a expresarlos en voz alta.

–Eso no me convierte en un matón. Yo escucho a la gente. El otro día, hasta te escuché a ti sin juzgarte… O por lo menos, sin juzgarte demasiado –dijo con humor.

–¿Y qué me dices de tu seguridad? Eso también intimida.

–Oh, vamos… No me dirás que tener confianza en uno mismo es un delito –razonó él–. Además, yo soy como soy. Si te intimido, qué se le va a hacer.

–Descuida. Soy perfectamente capaz de enfrentarme a ti.

–¿Me estás desafiando, Allegra?

–Por supuesto que no. ¿Por que tienes que sacar las cosas de quicio? –preguntó, cansada.

–Yo no estoy sacando las cosas de quicio. Preferiría que fueras un socio como Harry, que se mantenía al margen de los viñedos, pero es evidente que eso no va a pasar… Durante los dos próximos meses, estamos condenados a trabajar juntos. Espero que lo hagas lo mejor que puedas, pero no te voy a dificultar las cosas.

–Gracias, Xav. No te preocupes por mí; nunca he sido una vaga.

Xavier se preguntó por qué había dicho eso. ¿Es que su exjefe la había acusado de serlo? En tal caso, era un tonto además de un canalla. Con sus informes, Allegra le había demostrado que sabía trabajar. Era cualquier cosa menos una vaga.

***

Xavier detuvo el vehículo al llegar a la granja de Harry. Después, salió del coche, abrió el maletero y sacó las maletas de Allegra.

–Gracias –dijo ella–. ¿Te apetece un café?

–Te lo agradezco, pero tengo trabajo que hacer.

–Sí, claro… Supongo que te estarán esperando. Espero que mi presencia en Ardeche no suponga un problema para tu esposa.

Xavier la miró con humor.

–¿Intentas saber si estoy casado? Si te interesa, ¿por qué no me lo preguntas sin más? Déjate de subterfugios, Allegra. Es irritante.

Allegra se ruborizó.

–Tienes razón… ¿Estás casado?

–No. Y tú, ¿ya estás contenta?

Allegra se arrepintió de habérselo preguntado.

–Tu estado civil no me importa en absoluto. Simplemente, me preocupaba que tuvieras una relación con alguien y que me considere una especie de amenaza.

–Pues no, no mantengo ninguna relación con nadie –declaró–. Estoy demasiado ocupado con los viñedos. No tengo tiempo para complicaciones.

–No me digas que ahora eres célibe…

Él arqueó una ceja.

–¿Te interesa mi vida sexual,?

Ella se volvió a ruborizar.

–No, claro que no… Lo siento.

–Pero lo has dicho. Es evidente que sientes curiosidad.

–Olvídalo.

Xavier sonrió.

–No soy célibe. El sexo me gusta. Y me gusta mucho, como tal vez recuerdes. Pero, como ya he dicho, no tengo tiempo para complicaciones.

–Has cambiado mucho en estos años…

–Y tú. Por lo visto, los dos somos más viejos y más sabios.

–Sí, supongo que sí. En fin, gracias por ayudarme con las maletas.

Xavier se marchó enseguida. Allegra entró en la casa y, tras saludar a Hortense, subió las maletas. Mientras estaba guardando sus cosas, sonó el teléfono y encontró un mensaje de Xav. Le decía que la esperaba en su despacho al día siguiente, a mediodía. Y le pedía que llevara una barra de pan.

Cuando terminó con las maletas, habló con Hortense para que le diera las llaves del dos caballos de Harry y se dirigió al granero que su difunto tío abuelo utilizaba como garaje; pero, desgraciadamente, el coche no arrancó.

Ya estaba pensando en la posibilidad de alquilar un vehículo cuando vio una bicicleta apoyada en la pared. Y entonces, tomó una decisión. Aquella bicicleta iba a ser su medio de transporte. Hasta tenía una cesta en la parte delantera, donde podía meter el bolso y el ordenador portátil.

Era perfecta. Justo lo que necesitaba para empezar una nueva vida.

Capítulo Cuatro

A la mañana siguiente, Allegra se montó en la bicicleta para ir al pueblo y comprar una barra de pan antes de ir al despacho.

¿Creía Xavier que se contentaría con empezar su jornada laboral a última hora de la mañana? De ninguna manera. Ahora eran socios, y Allegra estaba decidida a trabajar tanto como él. Le había dicho que no era una vaga, y se lo iba a demostrar. Pero, cuando llegó a la bodega, descubrió que la puerta estaba cerrada.

No había nadie.

Allegra pensó que tenía tres opciones. La primera, ir a ver a Guy y preguntarle si tenía una llave del despacho; pero era improbable porque, como le había dicho el día anterior, los viñedos eran asunto de Xavier. La segunda, llamar a Xavier por teléfono; pero si estaba haciendo algo importante, le molestaría. Y la tercera, alcanzar el portátil que llevaba en la cesta de la bici, sentarse en el jardín y trabajar un rato al sol.

Al final, optó por la tercera.

Sacó el portátil, apoyó la bicicleta en la pared y se sentó bajo un castaño, con la espalda contra el tronco. Era un lugar verdaderamente bonito. Se oía el zumbido de las abejas que buscaban polen y olía a rosas y espliego. Parecía un paraíso en comparación con su antigua oficina de Londres, donde solo podía ver los edificios del otro lado de la calle.

A las doce menos cuarto, Xavier detuvo su vehículo en el vado, cerró la portezuela y caminó hacia Allegra.

—¿Qué estás haciendo?

—Trabajar.

—¿En el jardín?

Ella le dedicó la más dulce de sus sonrisas.

—Como la puerta del despacho estaba cerrada y mi socio no me ha dado una llave, no he tenido más remedio que sentarme en el jardín.

Él frunció el ceño.

—No se me había ocurrido, la verdad. Harry no tenía oficina en el edificio.

—Pero yo no soy Harry… Y no quiero tener que montarme en la bicicleta y venir a tu casa cada vez que necesite un simple folio.

Xavier se cruzó de brazos.

—Me temo que no hay ningún despacho libre.

—¿Ah, no? Recuerdo haber visto uno el sábado…

—Ese es el despacho de mi secretaria.

La explicación de Xavier le pareció creíble, salvo por el hecho de que tenía un defecto que saltaba a la vista.

—¿Y cómo es posible que no esté?

—Se ha tomado una semana libre. Su hija acaba de dar a luz y quería estar con ella —contestó Xavier.

A Allegra le agradó que Xavier fuera un jefe tan comprensivo como para ofrecer una semana libre a su secretaria por un asunto como ese, pero aún había una pregunta en espera de una respuesta.

–¿Por qué no has buscado una secretaria temporal para que la sustituya?

–Porque a Therese no le gusta que otras personas toquen sus cosas –dijo–. Si tenías intención de pedirme que te dejara usar su despacho, olvídalo.

Allegra soltó una carcajada. Le parecía increíble que un hombre tan poderoso como Xavier Lefevre permitiera que su secretaria le diera órdenes.

–¿De qué te ríes?

–De la idea de que tu secretaria te imponga condiciones a ti. Debe de ser una mujer verdaderamente imponente.

Xavier la miró con exasperación.

–Therese no me impone nada. Pero es una gran organizadora y la respeto.

–Si tú lo dices… –declaró con una sonrisa–. Supongo que vienes de los viñedos y que vas a volver esta tarde, ¿verdad?

–Sí.

–Entonces, tu despacho estará libre la mayor parte del día…

–Allegra…

–Excelente. Trabajaré en él mientras tú estás fuera –lo interrumpió–. Salvo que prefieras que te acompañe a los campos; en cuyo caso, estaría bien que me hicieras un sitio en tu despacho al mediodía, cuando el sol calienta demasiado para trabajar en el exterior. Las tareas administrativas no llevan mucho tiempo. Me llevaré mi ordenador portátil y, si es necesario, lo conectaré a tu red.

Él la miro con una mezcla de irritación y admiración.

—Lo tienes bien pensado…

—Sí.

—Eres un verdadero incordio.

Ella volvió a reír.

—Desde luego.

—*La pelle se moque du fourgon* —dijo él.

—¿Cómo?

—La pala se mofa del atizador —tradujo Xavier—. Es un dicho francés.

Allegra suspiró.

—Siempre tienes que tener la última palabra…

Él le ofreció una de esas sonrisas que habían permanecido en la memoria de Allegra durante años. Una sonrisa burlona, irónica y totalmente irresistible.

—Sí, así es. ¿Has traído la barra que te pedí?

—*Voilà* —Allegra señaló la cesta de la bicicleta—. Doy por sentado que será mi contribución a la comida…

—No —dijo él—. Pero entremos en mi despacho.

Xavier la llevó al despacho, abrió la puerta y dijo, antes de dirigirse a la pila de la cocina americana:

—Discúlpame un momento. Tenía intención de lavarme antes de que aparecieras, pero te has adelantado —Abrió el grifo de la pila y se lavó las manos–. Hoy tenemos carne fría y ensalada para comer.

–No espero que prepares la comida todos los días, Xav –dijo ella–. Me puedo traer un sándwich o un bocadillo.

Xavier se secó las manos.

–Como quieras. Pero hoy vamos a tener una comida de trabajo, así que la puedo compartir contigo. Ya he visto que has venido en bicicleta.

Ella asintió.

–Tenías razón con el coche de Harry; no lo pude ni arrancar. Hortense me ha dicho que hablará con el dueño del taller mecánico para ver si puedo hacer algo al respecto.

–Yo te puedo prestar un coche.

Allegra sacudió la cabeza. No quería que le hiciera favores. Le iba a demostrar que era capaz de salir adelante sin ayuda de nadie.

–No es necesario. Me las arreglaré con la bici.

Él arqueó una ceja.

–¿Y qué vas a hacer cuando llueva?

–Meteré el ordenador portátil en una bolsa de plástico, para que no se moje. O usaré tu ordenador mientras tú estés fuera y me enviaré las cosas que necesite por correo electrónico –contestó.

–Eres de lo más obstinada.

–*La pelle se moque du fourgon.*

Xavier rio.

–Vaya, me alegra saber que también tienes sentido del humor. No lo pierdas nunca.

–No lo perderé, descuida. Pero, ahora que lo

pienso, ¿cual es el código de la alarma del despacho?

–La fecha del cumpleaños de Harry.

Allegra se preguntó si la estaba probando. Quizás pensaba que había olvidado la fecha del cumpleaños de su difunto tío abuelo; pero, en ese caso, estaba equivocado.

–Lo recordaré.

Xavier le dio dos platos.

–Toma, déjalos en la mesa. Yo me encargo de lo demás.

Allegra se sentó y esperó a Xavier, que llevó los cubiertos, la comida y dos vasos de agua helada, además de una barra que no era la que ella había comprado, sino un pan de aceitunas, el preferido del difunto Harry.

–¿Siempre comes en tu despacho?

–Es lo más conveniente. Supongo que tú hacías lo mismo en Londres.

–Supones bien.

–Pero no me esperes. Sírvete…

–Gracias.

Ya habían empezado a comer cuando ella dijo:

–¿Has recibido mis recomendaciones sobre la página web?

–Sí.

Xavier no dijo nada más.

–¿Y qué te parecen?

–Bueno… No estoy seguro de que me guste que se mencione la historia de mi familia –respondió.

Ella frunció el ceño.

–¿Por qué no? Es una parte importante de los viñedos, algo que podemos aprovechar en nuestro beneficio. Tu familia lleva muchos años en estas tierras. Si me dices cuándo llegaron, celebraremos el próximo aniversario y...

–Deja en paz el pasado, Allegra.

–¿Por qué?

–Porque no fue siempre tan bonito como ahora –dijo–. No quiero que la gente lo conozca. La menor sospecha de un fracaso, aunque sea un fracaso antiguo, podría asustar a nuestros clientes.

–¿Qué fracaso?

–Olvídalo.

Allegra no lo quería olvidar, pero era evidente que Xavier no estaba dispuesto a dar explicaciones, de modo que guardó silencio.

–Creo que nos deberíamos concentrar en lo que somos ahora, en lo que hacemos bien –continuó él–. Aunque, sinceramente, no me parece que necesitemos más campañas de publicidad. A los clientes les gustan nuestros productos y, por otra parte, no tengo intención de comprar más tierras ni de aumentar la producción actual.

–¿Quieres que los viñedos sean un éxito? ¿O no?

Xavier la miró con escepticismo.

–No hagas preguntas ridículas.

–Entonces, tenemos que hablar de lo que somos. Tenemos que decirle a la gente que somos mejores que la competencia.

Él arqueó las cejas.

–¿Tenemos?

Ella se ruborizó.

–Bueno, ya sé que yo no he participado en la cosecha vinícola de este año, pero estoy aprendiendo. Y estoy decidida a ponerlo todo de mi parte.

Xavier se limitó a cortar un trozo de pan.

–¿Quién diseñó la página web? –preguntó Allegra.

–Un conocido de Guy.

Allegra sintió curiosidad por el hermano de Xavier. Era evidente que trabajaba en la casa, pero no sabía en qué.

–¿A qué se dedica Guy?

–A oler.

Ella lo miró con desconcierto.

–¿A oler?

–Sí. Trabaja con perfumes. Y tiene mucho talento.

–Ah…

–Guy estudió química en la universidad –explicó Xavier–. Es socio de una empresa de perfumes de Grasse y dirige el Departamento de Investigación. La mitad del tiempo vive en la bodega y la otra mitad, en su laboratorio… Se queda aquí todos los fines de semana y se acerca cuando necesita un poco de paz. Y cuando llega la época de la vendimia, se sube a un tractor y lo conduce.

Allegra asintió.

–Tu madre estará encantada con su trabajo…

–Chantal ni siquiera vive aquí –replicó Xavier con brusquedad.

Allegra se acordaba bien de Chantal Lefevre. Era la quintaesencia de la elegancia, siempre perfectamente vestida, perfectamente peinada y maquillada lo justo, sin excesos. Pero, ¿por qué no vivía en la bodega, con sus hijos? ¿Es que no soportaba la idea de vivir en ese lugar sin Jean-Paul?

Además, Xavier se había referido a ella por su nombre de pila, como si no fuera su madre. A Allegra le había extrañado un poco, a pesar de saber que Chantal nunca había sido una mujer precisamente afectuosa. Pero no estaba en posición de juzgar las relaciones familiares de los Lefevre, de modo que cambió de conversación.

–Ayer dijiste que tus vinos tienen el certificado del producto ecológico, aunque en la página web no se menciona. ¿Desde cuándo lo tienes?

–Desde hace tres años. Si quieres ver los documentos, te los enseñaré… Pero te advierto que están en francés.

–Bueno, es obvio que mi francés no es tan bueno como antes, pero sería una ocasión tan buena como otra cualquiera para practicar –Allegra lo miró a los ojos–. Además, he pensado que podríamos abrir un blog en inglés y francés sobre lo que significa dedicarse a la vinicultura… ¿Me podrías echar una mano con las traducciones?

Él suspiró.

–Allegra, solo vas a estar aquí dos meses.

–Dos meses que tengo la intención de aprovechar a fondo.

—Ya veremos… –dijo, dubitativo.

—Xavier, tengo que empezar por alguna parte.

—En ese caso, te recomiendo que empieces por los productos. Por eso te pedí que compraras una barra de pan.

—No te entiendo…

—No me digas que ya no te acuerdas –declaró Xavier–. Es para limpiarnos el paladar después de cada cata.

—¿Vamos a catar vinos?

—Tú vas a catar vinos –puntualizó.

—Ah.

—¿Qué tipo de vinos sueles beber en Londres?

—Esto no te va a gustar… Suelo beber vinos americanos y neozelandeses.

Xavier se encogió de hombros, como si no le importara en absoluto.

—¿Y cuál es tu preferido?

—Un sauvignon blanc de Nueva Zelanda.

Él asintió.

—La sauvignon blanc es una buena uva. ¿Por qué te gusta?

—Por el sabor.

—¿Por qué más?

—Porque es afrutado.

—¿En qué sentido?

—Lo siento… No lo sé.

Xavier suspiró.

—Cuando dices que es afrutado, ¿a qué te refieres? ¿Tiene fondo a limón, grosella, fresa, melón, arándanos…?

–Mnm… Creo que grosella. ¿Eso está bien?

–No está ni bien ni mal; depende del resultado –le explicó–. Pero, de un buen sauvignon blanc de Nueva Zelanda, espero que tenga un fondo a grosellas y, quizás, a limón. Algunos son más interesantes y otros, menos. Tu primera lección de hoy consiste en saber que el sabor de un vino tiene mucho que ver con el vinicultor, pero también con el *terroir*.

–¿El *terroir*?

–Sí. La tierra de la que procede –contestó, frunciendo ligeramente el ceño–. ¿Harry no te enseñó nada de vinos?

–Me enseñó un poco, pero no le presté tanta atención como debía –confesó ella–. Además, me echaba agua en el vino cuando era niña…

Xavier sonrió.

–Eso es lógico. Se hace para que los niños se acostumbren al sabor y, entre otras cosas, sirve para que luego, cuando llegan a la adolescencia, hayan aprendido a beber y no se excedan.

–Vaya, no se me había ocurrido.

–Aquí, en el sur de Francia, producimos vinos parecidos a los que ahora se producen en Australia y Nueva Zelanda.

–Fundamentalmente, blancos y rosados… ¿Verdad?

–En efecto. El rosa es el vino del país, que está por encima del vino de mesa. Los mejores, llevan denominación de origen.

–¿Denominación de origen?

–Claro. Supongo que ya sabes que los vinos españoles y franceses se etiquetan por la zona de la que proceden, no por el tipo de uva.

–Sí, ya lo sé, pero no estoy segura de que eso ayude mucho a los consumidores…

–¿Qué quieres decir?

–Si alguien quiere un vino de uva garnacha, por ejemplo, ¿no sería mejor que la garnacha se mencione en la etiqueta, en lugar de mencionar la zona? Si el consumidor no está versado en esas cosas, no lo distinguirá.

–El tipo de uva también aparece en la etiqueta, Allegra –le explicó–. Y, ya que lo mencionas, casi todos nuestros rosados son de uva garnacha… muy fáciles de beber. Perfectos para tardes de verano.

Xavier se detuvo un momento y añadió:

–Podría estar hablando todo el día, pero solo aprenderás si lo experimentas. Eso es lo que vamos a hacer cuando terminemos de comer.

–¿Por qué me siento como si estuviera a punto de hacer un examen?

Él se encogió de hombros.

–No es para tanto, Allie. Solo es un principio. Si quieres que te enseñe, tengo que saber lo que sabes para no repetir cosas innecesarias.

Allegra se estremeció. La había llamado Allie, como en los viejos tiempos.

Sacudió la cabeza y se dijo que aquellos veranos habían desaparecido para siempre, que no se iban a repetir. Estaba allí para aprender el negocio. Nada más.

—Te lo agradezco mucho, Xavier.

Cuando terminaron de comer, le ayudó a limpiar la mesa. Luego, él abrió un cajón, sacó un mantel blanco y lo extendió.

—¿Para qué es el mantel?

—Para que distingas bien el color de los vinos. ¿Nunca has asistido a una cata?

—No, nunca… Pero, ahora que lo pienso, no debería beber. Luego tengo que volver a mi casa en la bicicleta.

Él sonrió.

—En las catas no se bebe vino. Se prueba, se escupe, tomas las notas que consideres oportunas y, a continuación, te limpias el paladar con un poco de agua y un trozo de pan blanco para pasar a la cata siguiente.

—Ah…

Xavier alcanzó una botella y la abrió.

—¿Pones tapones de plástico en las botellas de vino? —preguntó ella, sorprendida.

—Solo en los vinos de mesa. Para los vinos con denominación de origen, uso tapones de corcho. Contribuyen a que el vino envejezca mejor y, además, son biodegradables —dijo—. En fin, iba a permitir que leyeras la etiqueta, pero he cambiado de opinión. Prefiero que lo pruebes sin saber qué es.

Xavier sirvió un poco en una copa.

—Adelante. Pero antes de probarlo, observa el color y disfruta un momento de su aroma.

Allegra alcanzó la copa.

—No es tan oscuro como esperaba… Pensaba

que los rosados tenían un color más rojizo —observó ella.

—Eso depende de la uva que se use, de la producción, de la mezcla y de otros factores. ¿Y bien? ¿A qué te parece que huele?

Allegra se acercó la copa a la nariz.

—Huele afrutado.

—¿No puedes ser más específica?

Ella sonrió.

—Ya lo tengo…

—Veamos si es verdad.

—Huele a arándanos.

—Ahora, pruébalo. Pero pásatelo por toda la boca, porque cada zona detecta un tipo diferente de sabor. El fondo de la lengua, los sabores amargos; los laterales, los sabores ácidos; el centro, la sal… y la parte delantera, el sabor dulce. Además, las encías reaccionan a los taninos del vino y hacen que parezca seco.

La voz de Xavier le pareció tan profunda y tan sexy que Allegra clavó la vista en sus labios y se acordó de sus besos.

—Pruébalo bien —continuó él—. Sopesa su cuerpo y dime qué te parece.

Allegra se estremeció una vez más. Sabía que Xavier se refería al vino, pero la mención del cuerpo hizo que pensara en algo muy diferente.

Sin embargo, se llevó la copa a los labios y lo probó mientras pensaba que estaba reaccionando como una adolescente. Estaban allí para catar vinos, no para disfrutar de una tarde de amor. Pero,

¿cómo podía catar algo si no se podía quitar a Xavier de la cabeza?

—Sabe un poco a frambuesa y a melocotón, aunque no estoy muy segura del melocotón; puede que el color del vino me haya influido.

—¿Y qué fondo te ha dejado?

—No estoy muy segura, la verdad... —le confesó—. ¿Puedo probar otro? Te prometo que estaré más atenta.

Él la miró con aprobación.

—Por supuesto. Apunta tu valoración y probaremos otra vez con el siguiente. Luego, compararemos tus impresiones con la etiqueta de la botella.

Xavier sirvió un vino de color dorado pálido y ella admiró su color y su aroma, como le había enseñado.

—Huele a flores... concretamente, a madreselva.

—Excelente. Parece que tienes un talento natural —dijo él.

Ella se lo llevó a la boca y lo probó.

—Tiene un fondo a pera... No, más bien, a melón y melocotón... y me ha producido un cosquilleo en la lengua —dijo—. Además, es seco y tiene un final más largo que el del vino rosado.

Xavier la miró con satisfacción.

—Pero, ¿sabes una cosa? —continuó ella—. Si estuviera en el jardín en una tarde de verano, preferiría el rosado.

***

Xavier se quedó agradablemente sorprendido con Allegra. O le había mentido y sabía más de vinos de lo que estaba dispuesta a admitir o, simplemente, aprendía deprisa.

Conociéndola, supuso que sería lo segundo. Pero sus dotes para la cata no le impresionaron tanto como su boca. Tuvo que hacer verdaderos esfuerzos para refrenarse y no besarla. De hecho, estaba tan alterado que, sin darse cuenta, descorchó una botella de Clos Quatre, el mejor de sus vinos.

Como ya no tenía remedio, lo sirvió. Allegra lo miró a los ojos y supo que aquel vino era especial, de modo que se concentró.

—Tiene color de rubí…

—Sí.

—También huele a arándanos… No, no, algo más intenso. ¿A moras, quizás? Y a una cosa que no puedo distinguir…

—Eso es la garriga, el olor de los matorrales en suelos calizos —explicó.

Allegra asintió y lo probó bajo la atenta mirada de Xavier, que no podía apartar la vista de sus labios.

¿Sería consciente de lo sexy que era?

Xavier notó que no llevaba maquillaje. De hecho, había renunciado a sus trajes de costumbre y se había puesto unos vaqueros de color claro, una camiseta sin mangas y unas zapatillas deportivas. Parecía una vecina normal y corriente que acabara de salir a la calle. Pero era cualquier cosa menos normal y corriente.

—Moras, sí —dijo ella.

—¿Cómo? —preguntó él, despistado.

—Que sabe a moras.

Allegra entreabrió la boca ligeramente y él se dio cuenta de que tenía una gota de vino en el labio inferior.

Aquello fue más de lo que podía soportar. Inclinó la cabeza, le lamió la gota y dijo:

—Sí, es cierto. Sabe a moras.

Allegra lo miró como si pensara que se había vuelto loco y le puso una mano en el pecho, para apartarlo. Entonces, él le pasó un dedo por el labio inferior y ella tuvo la sensación de que las piernas se le doblaban.

Ninguno de los dos supo cómo se empezaron a besar. De repente, se estaban devorando el uno al otro, entregándose y exigiendo al mismo tiempo. Él la abrazaba con fuerza y ella a él también. Hasta que, al cabo de unos segundos, Xavier se sentó en una silla y Allegra se acomodó en su regazo.

Cuando ella se frotó contra su erección, él soltó un suspiro. La deseaba con toda su alma. La deseaba tanto que sintió pánico.

No podían seguir adelante. No debían seguir adelante.

Rompió el contacto y pronunció unas palabras débiles, en voz baja.

—Esto no es una buena idea… Esto no…

Allegra se limitó a mirarlo con deseo.

—Allie… Tenemos que recuperar la cordura. ¿Cómo diablos vamos a… ?

Allegra lo besó otra vez.

–Creo que es una forma magnífica de catar vinos –dijo ella–. Los pruebo en tu boca.

Xavier estuvo a punto de perder el control. Le faltó poco para arrancarle la ropa allí mismo y penetrarla.

Pero se contuvo.

–No podemos hacer esto.

–¿Ya me estás expulsando otra vez? –dijo ella con amargura.

Xavier frunció el ceño.

–¿Expulsarte? Yo no te he expulsado nunca.

–Por supuesto que sí.

Él entrecerró los ojos.

–Fuiste tú quien puso fin a nuestra relación.

–Porque dejaste bien claro que ya no te interesaba. Que yo no tenía sitio en tu nueva vida –replicó Allegra.

–¿Cómo te atreves a decir eso? Yo estaba aquí, lo recuerdo perfectamente. No me puedes engañar.

–Yo también estaba aquí y también lo recuerdo. Te pregunté cuándo ibas a ir a Londres, a verme… Me dijiste que no podías porque estabas muy ocupado.

–¿Y no podías haber esperado un poco, hasta que las cosas se normalizaran? –le recriminó Xavier.

–¿Qué se tenía que normalizar, Xav? Te habías ido a París y te habías buscado un trabajo. Admito que necesitaras un par de semanas para acostumbrarte a tu nueva situación, pero… sinceramente, tuve la impresión de que nuestra relación ya no te interesaba. Pensé que solo había sido una aventura veraniega para ti, y que me estabas dando excusas porque no te atrevías a decirme la verdad. Hasta pensé que estarías con otra mujer.

—Yo no estaba con nadie —dijo él, ofendido—. Si me lo hubieras preguntado, te lo habría dicho... ¿Cómo es posible que confiaras tan poco en mí? Y ya puestos, ¿cómo es posible que te rindieras con tanta facilidad? Como no hice exactamente lo que tú querías, lo que a ti te venía bien, me abandonaste.

—No esperaba que lo dejaras todo y te vinieras a vivir conmigo —se defendió ella—. Pero me habría gustado que me llamaras tú alguna vez, aunque solo fuera una. Siempre tenía que llamarte yo.

—Ya te dije que estaba muy ocupado...

—¿Tan ocupado como para no poder descolgar un teléfono y dedicarme un par de minutos? —quiso saber.

Xavier se pasó una mano por el pelo mientras pensaba que Allegra era igual que su madre, igual que la exmujer de Guy.

—¿Se puede saber qué os pasa? Si no tenéis el cien por cien de la atención de un hombre, todo os parece mal.

—Yo no pedía el cien por cien de tu atención. Solo pedía un poco —declaró ella, con los brazos en jarras—. Pero tú no podías ser razonable.

—¿Razonable? ¿Y eso lo dice la mujer que me abandonó?

—No me dejaste más opción. Me cansé de perseguirte como si fuera un perrito… Sí, claro que te abandoné. ¿Qué esperabas? ¿Qué siguiera ejerciendo de mascota obediente hasta que tú me abandonaras a mí?

–No, solo esperaba que confiaras en mí. Pero no confiaste –Xavier se levantó de la silla–. Y ahora, discúlpame. Tengo cosas que hacer.

–¿Qué cosas? ¿Huir de la verdad?

Él sacudió la cabeza.

–No. Alejarme de ti un rato, para que no digamos cosas de las que más tarde nos podríamos arrepentir –contestó–. Lo que ha pasado hace un momento ha sido un error. Asumo toda la responsabilidad y, por supuesto, te aseguro que no volverá a suceder. Pero si quieres trabajar en los viñedos, será mejor que dejes de coquetear conmigo y te concentres en las catas, en tus notas y en las etiquetas de los vinos.

Ella se puso roja como un tomate.

–Yo no estaba coqueteando.

Xavier prefirió no discutir con ella.

–Me voy a trabajar. En cuanto a ti, haz lo que te parezca mejor.

Él pasó a su lado con mucho cuidado de no rozarla y salió del despacho.

Capítulo Cinco

Allie se recostó en la silla y se llevó una mano temblorosa a los labios. ¿Xavier la consideraba culpable de su ruptura?

Las palabras de la conversación que habían mantenido resonaron en su cabeza. Según él, no la había expulsado de su vida. ¿Sería posible que hubiera malinterpretado el comportamiento de Xavier?

Ciertamente, era posible. Pero se recordó que, cuando ella puso fin a la relación, él se mostró de acuerdo y ni siquiera preguntó por qué había tomado esa decisión. La dejó ir sin luchar por ella, y ella dio por sentado que la dejaba ir porque ya no le importaba.

Y ahora, por si no tuvieran suficientes problemas, se dedicaban a besarse. Aunque él había dejado bien claro que no se volvería a repetir.

Allegra respiró hondo. Sus versiones sobre lo que había ocurrido años atrás eran radicalmente distintas; pero al menos lo habían sacado a la luz, y ahora solo tenían que afrontar el asunto con tranquilidad para poder mantener una relación sana.

Sobre todo, porque eran socios. Si no arreglaban las cosas, su vida sería un infierno.

Lo llamó al teléfono móvil, pero Xavier estaba ocupado o no se encontraba de humor para contestar, así que le envió un mensaje. Le dijo que lo sentía, que no quería discutir con él, que lo pasado ya no tenía importancia y que se debían concentrar en el presente, en su negocio y en su trabajo.

Luego, arregló un poco el despacho y tapó las botellas de vino.

Ya no tenía mucho que hacer, así que consideró la posibilidad de llevar las botellas a la casa de Harry y seguir con las catas, como Xavier le había sugerido. Así, le podría enviar sus impresiones y demostrarle que se lo estaba tomando en serio.

Además, el trabajo era una forma perfecta de concentrar su energía y dejar de pensar en los besos de Xavier, en la forma en que su cuerpo había reaccionado, en la sangre que aún le hervía en las venas.

Se montó en la bicicleta, se dirigió a la casa de Harry y entró en el edificio vacío. En parte, se sintió aliviada por no tener que hablar con nadie; pero, por otro lado, habría preferido que el ama de llaves estuviera allí.

El recuerdo de su difunto tío abuelo estaba en todas partes. Allegra habría dado cualquier cosa por poder cambiar el pasado.

Pero no lo podía cambiar. Tenía que seguir adelante y superar su dolor.

***

Allegra estudió las etiquetas con detenimiento; se aprendió los nombres de los vinos, su clasificación, el año de cosecha y todas y cada una de las características. Las descripciones eran tan exhaustivas como exactas; pero, desde su punto de vista, faltaba un detalle importante, un detalle que no estaba en el *bouquet* y el sabor: su personalidad. Porque Les Trois Closes tenía personalidad.

Reunió las notas que había tomado, las dejó a un lado para discutirlas con Xavier en otro momento y escribió su primera entrada para el nuevo blog, en inglés. Luego, la tradujo al francés y le envió las dos versiones por correo electrónico.

A continuación, empezó con los diseños. Gracias a lo que Xavier le había contado, Allegra ya tenía una idea aproximada de lo que significaba Les Trois Closes. Uvas tradicionales y métodos tradicionales para vinos de carácter artesanal. Algo que se debía reflejar en las etiquetas de las botellas. Quizás, con letra que pareciera hecha a mano y un logotipo impactante.

Por suerte, conocía a la persona adecuada para esa tarea. Alcanzó el teléfono y envió un mensaje a Gina, a quien pidió que le hiciera un logotipo y varias muestras de etiquetas y que, a ser posible, se los enviara a mediados de la semana siguiente.

Gina respondió casi de inmediato. Le dijo que contara con ella y que, si tenía alguna duda, la llamaría por teléfono.

Como Allegra sabía que su amiga no podía trabajar sin saber lo que estaba haciendo, le envió toda la información que necesitaba por correo electrónico. Pero no las envió a su dirección de la empresa, sino a su dirección particular. Al fin y al cabo, era un encargo privado que no tenía nada que ver con la agencia.

Ya estaba a punto de escribirle para darle las gracias cuando llegó otro mensaje de Gina. Esta vez, solo le preguntaba si se encontraba bien.

Después de lo que había pasado aquella tarde, Allegra estaba lejos de sentirse bien; pero contestó afirmativamente. Le dijo lo bonita que era la tienda de Nicole, lo interesante que era el café de Ardeche, lo buena que estaba la comida de la zona y lo preciosa que era la luz.

Naturalmente, no le dijo que pensaba todo el tiempo en Xavier Lefevre y que, acostumbrada a la vida en Londres, se sentía sola. El ritmo del campo era mucho más lento que el de una gran ciudad.

Además, casi nunca veía a nadie. Hortense vivía con su hermano, en el pueblo.

Entonces, se le ocurrió que podría adoptar un perrito y empezó a buscar por Internet. Al cabo de unos minutos, se encontró ante la foto de una criatura preciosa que respondía al nombre de Beau y que estaba en el refugio de animales de Ardeche. Era un spaniel bretón con los ojos marrones más cariñosos que Allegra había visto nunca. Pero no podía ir al refugio y montar a Beau en la bicicleta.

¿Qué podía hacer?

Media hora después, recibió un mensaje. Le escribía para decirle que él tampoco se quería pelear con ella, que lamentaba lo sucedido y que, si le parecía bien, podían establecer una tregua.

Allegra aceptó la tregua al instante, contenta por haberse quitado un problema de encima. Y aún estaba pensando en ello cuando recibió otro mensaje de correo electrónico, también de Xavier. Eran enlaces de Internet, de páginas que le podían interesar y un documento adjunto con las correcciones que había hecho a su texto en francés.

Por algún motivo, Allegra se sintió tan contenta como una niña con zapatos nuevos.

Pero se dijo que no debía sentirse halagada. Aquello era un trabajo; un simple trabajo que quería hacer tan bien como fuera posible. Por otra parte, Xavier se había limitado a ofrecerle la ayuda que le había pedido. Aunque había hecho algo más que corregir su texto: había añadido un par de notas en inglés donde explicaba qué había traducido mal y por qué.

Al recordarlo, pensó que Xavier Lefevre habría sido un profesor excelente. Habría sido excelente en cualquier profesión. Xav no era de los que se contentaban con las medias tintas.

Un segundo después, Hortense entró en la cocina y arqueó una ceja al verla sentada a la mesa con el ordenador portátil.

—¿Quieres que me marche? ¿Te molesto aquí? —preguntó Allegra.

Hortense se encogió de hombros.

—No. Puedo trabajar al otro lado de la mesa.

Allegra alcanzó sus notas y las guardó.

–Hortense, ¿te importa que use el despacho de Harry los fines de semana? Se me ha ocurrido que, si guardo alguna de sus cosas, tendré sitio para las mías... Así no te molestaré todo el tiempo.

Hortense se volvió a encoger de hombros.

–Es tu casa. Puedes hacer lo que quieras.

–Lo sé, pero no quiero herir tus sentimientos ni tomar ese tipo de decisiones sin contar contigo –replicó–. Te lo he preguntado porque, si trabajo en la cocina, te estorbo.

Hortense se encogió de hombros por tercera vez.

Allegra suspiró y siguió trabajando.

Media hora más tarde, el ama de llaves le puso una taza de café en la mesa. Allegra supuso que era su forma de hacer las paces.

–Me voy –anunció Hortense–. He dejado comida en el horno, *puolet provençal*... Estará listo a las siete, y hay brécol y guisantes en el frigorífico.

–Gracias.

El *puolet provençal* siempre había sido uno de sus platos preferidos. Hortense lo sabía, de modo que Allegra supuso que era otra forma de suavizar las cosas con ella. Pero, en cualquier caso, le alegró que el ama de llaves no se mostrara especialmente territorial en su cocina; quizás porque, durante los días anteriores, Allegra le había demostrado que era ordenada y que limpiaba y guardaba todo lo que usaba cuando estaba allí.

Aquella tarde, entró en el despacho de Harry y se dedicó a hojear sus libros sobre vinicultura. Tenía muchos, pero todos estaban en francés, y Allegra decidió encargar unos cuantos en inglés. Al cabo de un rato, recibió un mensaje de Gina; decía que necesitaba fotografías de la propiedad para que le sirvieran de inspiración.

Allegra sonrió y contestó que se las enviaría en cuanto las tuviera. Su amiga le acababa de dar algo que hacer durante los días siguientes.

El viernes por la mañana, Allegra se acercó al pueblo en bicicleta y compró pan y queso. Después, volvió a la bodega a toda prisa, encantada ante la perspectiva de volver a ver a Xavier. ¿Qué pasaría cuando se encontraran? Habían declarado una tregua, pero no se podía negar que se sentían atraídos el uno por el otro.

Tenían que encontrar la forma de refrenarse, pero no iba a ser fácil.

Cuando llegó al despacho y descubrió que la puerta estaba cerrada, no supo si sentirse aliviada o decepcionada. Xavier la confundía siempre. Lo deseaba y, al mismo tiempo, deseaba estar a mil kilómetros de él.

Era una locura.

Abrió la puerta y se sentó a la mesa.

Era la primera vez que estaba en el despacho sin él y, en consecuencia, también fue la primera vez que pudo prestar verdadera atención al lugar. Obviamente, Xavier prefería los sitios despejados; su despacho no se parecía nada al de Harry, que estaba atestado de cosas. Y no había ningún detalle personal. Podría haber pertenecido a cualquiera.

Allegra pensó que debía afrontar la situación con la sobriedad impersonal de aquel despacho. Actuar desde la lógica; mantener las emociones controladas y tratar a Xavier como si fuera un cliente. Fingir que no sentía nada por él.

Respiró hondo y se dijo que, con un poco de suerte, el truco podía funcionar. Luego, encendió el ordenador y se puso manos a la obra.

Xavier llegó a las doce menos cuarto de la mañana. Cuando bajó del coche, vio que Allegra había dejado la bicicleta contra una pared, que había abierto la ventana del despacho y que también había dejado abierta la puerta de la entrada, con la esperanza evidente de que corriera un poco de aire.

Allí no hacía tanto calor como en la costa, pero el clima de Ardeche era bastante más cálido que el de Londres y Allegra no estaba acostumbrada. De hecho, Xavier se acordó de que, en las vacaciones de verano, pasaba muchas horas en la piscina.

Al recordar las vacaciones, se acordó de una imagen inquietante. Allegra desnuda como una sirena, nadando. Allegra con su largo cabello rubio flotando en el agua.

Sacudió la cabeza e intentó tranquilizarse, aunque ardía en deseos de tocarla. Pero el deseo era tan intenso que consideró la posibilidad de salir aquella noche y acostarse con alguien que necesitara lo mismo que él, una relación sexual sin ataduras, unos momentos de placer sin frustraciones.

Pero, ¿a quién intentaba engañar? Allegra era la única mujer que le interesaba. Pensaba en ella todo el tiempo. No se podía acostar con otra.

Cuando entró en el despacho y vio que estaba trabajando con el ceño fruncido, le pareció más encantadora y bella que nunca. Era una pena que no la pudiera sentar en su regazo, abrazarla con fuerza y asaltar su boca.

–*Bonjour*, Allegra.

Allegra alzó la cabeza, sorprendida.

–Ah, lo siento, no te había visto. Me cambiaré de sitio –dijo–. ¿Siempre descansas a estas horas?

–En esta época del año, sí. Hace demasiado calor para trabajar fuera al mediodía.

Ella asintió.

–Gracias por corregirme el texto.

–De nada.

–Precisamente estaba con el blog… He subido el texto en inglés y francés y he puesto enlaces a la página web de los viñedos –le explicó–. Ah, eché un vistazo a las direcciones de Internet que me enviaste. He encargado unos cuantos libros.

–¿Ah, sí? ¿Qué libros?

Ella se lo dijo y él asintió.

–Has elegido bien. Son una buena forma de empezar.

–Quería hacer unas cuantas fotografías de los viñedos. ¿Tienes tiempo para enseñarme la zona? –le preguntó.

Xavier se estremeció para sus adentros. Estar más tiempo con ella era lo último que necesitaba. Pero no se podía negar.

—Dame unos minutos para que coma algo y estaré contigo.

—No te preocupes. No es tan urgente.

Allegra se levantó, se dirigió a la cocina.

—Voy a preparar café. ¿Te sirvo una taza?

—Sí, gracias.

—He comprado pan y queso. ¿Te apetece un poco?

Xavier se dio cuenta de que estaba haciendo un esfuerzo por suavizar las cosas y, tras asentir, dijo:

—Hay ensalada en el frigorífico. Si quieres, la podemos compartir.

Xavier pensó en todas las comidas que habían compartido y en lo mucho que le gustaban a Allegra los melocotones, sobre todo cuando se los cortaba y le llevaba pedacitos a la boca.

Pero no quería pensar en eso, así que se acercó al ordenador portátil y echó un vistazo al trabajo de su socia.

—El blog está muy bien.

Ella se ruborizó.

—*Merci...*

Xavier la miró de arriba a abajo.

—No vas mal vestida para dar un paseo por los viñedos, pero necesitarías un sombrero o una pamela.

Ella alcanzó el bolso y sacó una gorra de béisbol.

—¿Esto vale?

Él sonrió.

–Por supuesto, aunque no es lo que esperaba.

Ella frunció el ceño.

–¿Y qué esperabas?

–No sé… Algo más elegante.

Allegra se encogió de hombros y le dio su taza de café.

–Puede que una gorra no sea elegante, pero es práctica.

Xavier probó el café y replicó:

–Eso es cierto.

Durante los minutos siguientes, Xavier se las arregló para comer con ella sin arrancarle la ropa ni hacerle el amor. Y cuando la llevó al coche para dar una vuelta por los viñedos, se alegro de tener que conducir. De ese modo, tendría las manos ocupadas en el volante y la vista, ocupada en la carretera.

En cuanto se detuvieron, ella preguntó:

–¿Te importa que haga fotos?

–¿Son para el blog?

–Sí… y para mí.

–¿Para ti?

–Sí, es que soy de las que aprenden mejor con las imágenes.

Xavier respiró hondo. No sabía en qué tipo de imágenes estaba pensando ella, pero sabía en qué tipo de imágenes pensaba él. Y Allegra aparecía desnuda en todas.

Desesperado, le empezó a hablar de las viñas y de los tipos de uva. Xavier intentaba concentrarse en las explicaciones, pero no le podía quitar la vista de encima. Cada vez que se inclinaba a tocar una hoja u observar un racimo, él admiraba su cuerpo y se alegraba de haberse dejado la camisa por fuera de los pantalones. Al menos, Allegra no se daría cuenta de que tenía una erección.

Mientras paseaban, Allegra imaginó a Xavier con una azada en la mano, arrancando las malas hierbas. Seguramente se quitaba la camisa para estar más cómodo, y que el sol le daría un destello dorado a su piel. La imagen le resultó tan perturbadora que sacudió la cabeza en un intento por borrarla de su mente. Sería el calor, que le había empezado a afectar. Si echaba un trago de agua, se sentiría mejor. Pero, al pensar en el agua, se acordó de Xavier en los viejos tiempos, cuando en mitad de una tórrida tarde de verano alcanzaba una botella, se la llevaba a los labios y echaba un trago largo, dejando que algunas gotas le cayeran en el pecho.

–Cuando llegue agosto, se producirá la *veraison*… –dijo Xavier, devolviéndola a la realidad.

–¿Eso es cuando las uvas cambian de color?

–Exactamente. Pero ya que te has informado tan bien, ¿me puedes decir cómo pruebo las uvas? –dijo.

–Por supuesto –dijo él–. Agosto es un mes de espera, que aprovechamos para hacer ese tipo de cosas. Un mes de descanso antes de la locura de septiembre.

–Pero tú estas en los campos todos los días, ¿no?

–Sí, siempre que puedo. Y no, no espero que tú hagas lo mismo –declaró él–. Estas son mis tierras. Forman parte de mí.

Xavier guardó silencio durante unos segundos y, a continuación, siguió hablando.

–Pero, ya que te vas a quedar un par de meses, podrías echar una mano con la vendimia. Recogemos las uvas a mano porque así podemos elegir los mejores racimos y limitar los daños a las viñas. Hasta el propio Guy nos ayuda… Aunque es un trabajo muy duro. Trabajamos desde el alba hasta el anochecer.

–Estaré encantada –dijo ella, sonriendo–. Será mi primera vendimia… Mis vacaciones siempre terminaban antes de que empezarais a recoger la uva.

Allegra sacó la cámara y empezó a hacer fotografías. La mayoría, de los viñedos; pero no se pudo resistir a la tentación de inmortalizar a Xavier.

–¿Tu cámara tiene un buen zoom?

–Sí, ¿por qué?

–Gírate muy despacio y mira a tu izquierda.

Allegra obedeció y vio una mariposa verdaderamente bonita en una de las viñas.

–Es preciosa…

–Es una *papillon petit nacré*.

–¿Cómo se llama en mi idioma?

Él se encogió de hombros.

–No tengo ni idea. Tendrás que mirarlo en un diccionario. Pero, si te gustan las mariposas, echa un vistazo a las matas de espliego.

–Quedarán muy bien en el blog. Gracias.

Tras unos minutos más de paseo, Xavier la llevó a la planta y le explicó el proceso de producción, desde que llegaban las uvas hasta que se embotellaba el vino. Allegra tomó más fotografías y muchas más notas.

—Bueno, creo que ya basta por hoy —dijo él.

—Sí, ya es suficiente.

—¿Alguna pregunta antes de que nos marchemos?

Ella asintió.

—No tiene mucho que ver con los viñedos, pero ¿recuerdas que el otro día te ofreciste a prestarme un coche?

—Claro. ¿Es que has cambiado de opinión?

—Sí.

—¿Por qué?, si se puede saber.

Allegra respiró hondo.

—Porque quiero ir al refugio de animales. Hay un perro que…

Xavier frunció el ceño.

—¿Un perro?

—Harry siempre tuvo un perro, y yo…

—¿Quieres adoptar uno?

Ella volvió a asentir.

—Allegra, los del refugio no te darán un perro si no están seguros de que estará bien cuidado. Un perro no es un juguete —le advirtió—. Tienes que estar con él, prestarle atención. No lo puedes dejar solo todo el día.

—Bueno, eso no es un problema. He pensado que me lo podría llevar conmigo, al despacho —declaró—. Pero esperaba que hablaras en mi favor, por si necesitan referencias.

Xavier suspiró.

–No sé qué decir, Allie… Falta poco para la vendimia, la época más complicada del año. Habrá mucha gente, mucho ruido, muchas máquinas por todas partes. Y todo el mundo va a estar tan ocupado que no le podrá prestar demasiada atención… Además, ¿qué pasará si decides volver a Londres? ¿Lo vas a devolver al refugio? Porque llevarlo a Inglaterra sería un problema; sus leyes son tan restrictivas que tendría que pasar por una cuarentena de varios meses.

–Eso no es un problema. Me voy a quedar.

Él sacudió la cabeza.

–Aún no has tenido tiempo de pensarlo. Espera a que termine la vendimia. Si entonces decides quedarte, te ayudaré con el perro. Te llevaré al refugio y hablaré en tu favor.

Allegra pensó que tenía razón. No podía adoptar un perro sin estar totalmente segura de que se iba a quedar en Ardeche.

–Gracias… En fin, nos veremos mañana.

–Es sábado. No esperaba verte hasta el lunes. Limítate a tomar más notas y a seguir con las catas. Si no recuerdo mal, Harry tenía una buena bodega… Disfruta de ella e intenta distinguir las diferencias entre las distintas cosechas –le recomendó.

–En ese caso, que tengas un buen fin de semana.

Algo deprimida, Allegra metió sus cosas en la bolsa del ordenador portátil, se subió a la bicicleta y volvió a casa.

Capítulo Seis

El sábado por la mañana, Allegra entró en el despacho de Harry y se puso a mirar el contenido de los cajones y los armarios.

Encontró las cartas que ella le había enviado a lo largo de los años, así como una caja llena de fotografías. Había imágenes de todas sus vacaciones, desordenadas. Ella a los ocho años, a los catorce, a los once, a los dieciocho; sola o en compañía de Xav, Guy y la antigua novia de Guy, Helene. Pero también encontró fotos de su padre, en distintas épocas. Y de personas que reconoció.

Cuando terminó con la caja, abrió otro cajón y encontró una carpeta con fotografías de una boda. Allegra contuvo el aliento al descubrir que Harry era el novio, y que estaba con una mujer que no había visto nunca.

¿Quién podía ser? ¿Cómo era posible que nadie le hubiera hablado de ella? Ni siquiera sabía que su tío abuelo hubiera estado casado.

Desconcertada, se dirigió a la cocina para prepararse un café. Hortense, que estaba cocinando, la miró y frunció el ceño.

—¿Estás bien, Allegra?

Allegra arrugó la nariz.

–Sí y no… Acabo de descubrir unas fotografías de la boda de Harry. No sabía que se hubiera casado. Nadie me habló nunca de su esposa.

–Fue hace mucho tiempo. Yo era una niña –dijo Hortense–. Se casaron y pasaron la luna de miel aquí. Lo sé porque mi madre era el ama de llaves en aquella época.

–¿De dónde era su mujer? ¿Era francesa?

–No, inglesa.

–¿Y qué pasó?

Hortense soltó un suspiro.

–Es una historia muy triste. Falleció durante el parto, junto con la niña que esperaba.

Allegra se llevó una mano a la boca.

–Oh, no…

–Las enterraron en Londres, pero él volvió a Ardeche después de su muerte. Habían sido tan felices en esta casa que se quiso quedar –explicó.

Allegra se mordió el labio.

–Es una pena que no lo haya sabido antes. Yo vivía en Londres. Podría haber llevado unas flores a su tumba.

Hortense se encogió de hombros.

–Harry tenía un acuerdo con una florista que llevaba flores al cementerio. Supongo que habrá que cancelarlo…

Allegra sacudió la cabeza.

–¿Cancelarlo? En modo alguno. Yo correré con los gastos de la floristería –declaró.

Hortense la miró con aprobación.

–Eres muy amable.

–¿Cómo se llamaba su esposa?

Hortense carraspeó.

–Igual que tú, *ma chere*.

–Oh, Dios mío… –dijo, sorprendida–. No me digas que me pusieron Allegra en su honor…

–Eso se lo tendrás que preguntar a tus padres.

Allegra pensó que decirlo era más fácil que hacerlo. Por lo que sabía, Charles y Emma Beauchamp estaban de algún lugar de Rusia y, además, los conocía lo suficiente como para saber que no contestaban el teléfono ni respondían el correo cuando estaban trabajando.

–¿Allegra?

–¿Sí?

–No pienses mucho en ello. Nadie puede cambiar el pasado –dijo Hortense.

Allegra suspiró.

–No, claro que no. Pero me habría gustado saberlo.

Después de comer, Allegra se sintió más sola que nunca. ¿Cómo era posible que sus padres no le hubieran hablado de la esposa de Harry? ¿Y cómo era posible que el propio Harry lo hubiera guardado en secreto?

De repente, sintió la necesidad de hablar con alguien de su confianza, con alguien que no la juzgara, con alguien que se limitara a escuchar y a prestarle su apoyo. Pero la única persona que encajaba en esa descripción era Gina, y sabía lo que le diría si la llamaba por teléfono: que se subiera a un avión y volviera a Londres.

Como no sabía qué hacer, decidió salir a dar un paseo. Y casi inconscientemente, se sorprendió avanzando hacia la laguna que estaba entre la propiedad de Xavier y la suya. Siempre había sido su rincón favorito; el lugar donde había hecho el amor con Xavier por primera vez; el lugar donde habían descubierto que estaban enamorados.

Se sentó en la orilla y se dedicó a admirar las libélulas que sobrevolaban la superficie de la laguna. Le parecieron tan bonitas que se sintió mejor al instante.

Entonces, oyó un ruido y se dio la vuelta.

Era Xavier.

–¿Qué haces aquí? ¿Mirar las libélulas? –preguntó con humor.

Ella asintió en silencio.

–¿Estás bien, Allie?

–Sí, sí.

–¿Seguro?

Ella suspiró.

–No.

Xavier se sentó a su lado.

–¿Qué ocurre?

–Esta mañana he estado mirando las cosas de Harry. Encontré fotografías de su boda... Hortense me ha dicho que su esposa se llamaba como yo.

Xavier la miró con sorpresa.

–¿Es que no lo sabías?

–No, no sabía nada. Pobre Harry... Debía de sentirse tan solo... Si me hubiera dicho algo, si yo lo hubiera sabido...

–¿Habría sido diferente?

–Por supuesto que sí. Si lo hubiera sabido, yo habría vuelto antes –dijo con firmeza–. Ahora entiendo que le gustara que pasara las vacaciones con él. Supongo que yo era como la hija que no tuvo, como la hija que perdió en el parto… Me parece increíble que mi padre no lo mencionara nunca. ¿Cómo se puede ser tan insensible? Él tenía que saber que había perdido a su esposa y a su hija al mismo tiempo…

–No estoy tan seguro de eso. Piénsalo un momento. Harry debía de tener veinticuatro o veinticinco años cuando murieron, y es posible que tu padre ni siquiera hubiera nacido…

Allegra lo pensó.

–Es cierto. O no había nacido o era un bebé… Pero, de todas formas, estoy segura de que sus padres se lo dirían. ¿Por qué no me lo contó? –preguntó, mirándolo a los ojos–. ¿Y cómo lo sabías tú?

Xavier se encogió de hombros.

–Mi padre tenía quince años cuando conoció a Harry. Recuerdo haberle oído decir que era el inglés con la mirada más triste que había visto en su vida… Según parece, sus padres le contaron que tu tío y su esposa pasaron la luna de miel en esta casa y que ella falleció al año siguiente en Londres. Es obvio que Harry volvió a Ardeche porque había sido feliz en este lugar.

–Debió de ser muy duro para él –declaró, al borde de las lágrimas–. Quedarse viudo tan joven, perder a tu esposa y a tu hija… Y yo no sabía nada.

–Harry te adoraba. Conociéndolo, es posible que lo guardara en secreto para ahorrarte un disgusto.

–Pero si yo lo hubiera sabido, las cosas habrían sido diferentes. Lo habrían sido, Xav, en serio… Nunca habría sido tan obstinada. No me habría enfadado con él.

Xavier guardó silencio.

–Sé lo que piensan de mí en el pueblo. Creen que he vuelto por la herencia, por el dinero que me ha dejado –continuó Allegra–. Pero se equivocan. No necesito ni su dinero ni sus tierras. He vuelto porque…

Había vuelto porque ese era su hogar.

–Lo sé, Allie.

Xavier le pasó un brazo por encima de los hombros y ella apoyó la cabeza en su pecho. Pero esta vez no hubo nada sexual en el contacto. Fue como si la energía de Xavier la envolviera y le diera las fuerzas que necesitaba.

Allegra quiso darle las gracias, pero no pudo hablar. Tenía la garganta tan seca como si hubiera estado comiendo tierra.

Respiró hondo y contuvo las lágrimas.

No quería perder los estribos delante de él. No quería que Xavier se diera cuenta de lo sola y débil que se sentía.

Por la expresión de Allegra, Xavier supo que se sentía culpable de lo que había pasado y que estaba enfadada con ella misma por no haber ayudado más a Harry.

–No fue culpa tuya –dijo con suavidad–. Tu familia es tan… Tan disfuncional como la mía.

Ella lo miró con sorna.

–¿Como la tuya? Oh, vamos… Tus padres siempre estuvieron a tu lado cuando eras un niño y, además, Guy te adora. ¿Qué tiene eso de disfuncional?

–*Laisse tomber* –dijo él–. Olvídalo.

Xavier pensó que Allegra no necesitaba saber nada del desastroso matrimonio de sus padres, de las mentiras, de los engaños. Pero no se apartó de ella. La siguió abrazando porque sabía que necesitaba estar con alguien y que, en ese momento, él era el único que la podía consolar. Harry había muerto, sus padres estaban lejos, y todos sus amigos se encontraban al otro lado del Canal de la Mancha, en Inglaterra.

Giró la cabeza y la miró. No era la primera vez que se la veía al borde de las lágrimas. Se acordó de un lejano mes de junio, cuando ella se sentó en ese mismo lugar y se dedicó a mirar el lago con los ojos enrojecidos. Acababa de terminar los exámenes y tenía miedo de no conseguir nota suficiente para ir a la universidad. Al verla tan alterada, él la abrazó. Y al sentir su contacto, se dio cuenta de que Allegra ya no era una niña, sino una mujer.

Una mujer a la que besó segundos más tarde.

–Ya habíamos estado aquí –dijo él con suavidad.

–Lo sé. Estuve contigo –replicó–. Y deseaba ese beso tanto como tú.

—Fue tu primera vez, ¿verdad?

Ella asintió.

—Una primera vez maravillosa.

Xavier le dedicó una sonrisa.

—No es necesario que me halagues…

—No pretendía halagarte —comentó con humor—. Supongo que estarías harto de mí cuando yo era una niña… una mocosa insoportable que te seguía a todos lados y que estropeaba la imagen de chico maduro que querías dar a tus novias.

—Pero aquella noche no me pareciste una mocosa. Te descubrí como mujer… Aún tienes los mismos ojos. Profundos y oscuros como la laguna de Issarles.

—Tus ojos tampoco están mal. Cuando pensaba en ti, te imaginaba como una especie de rey pirata —le confesó—. Y aún me lo pareces. Sobre todo, con el pelo tan largo…

Allegra alzó una mano y le acarició la mejilla.

—Ten cuidado, Allie —le advirtió.

Ella no apartó la mano, de modo que él se la tomó y la besó.

Al notar el pulso en su muñeca, un pulso que se había acelerado, se dio cuenta de que estaba a punto de hacer algo de lo que se arrepentiría más tarde. Pero no se pudo contener. En ese momento no había nada más lógico y natural que inclinarse sobre ella, tumbarla suavemente sobre la hierba y arrancarle un beso. Los dos lo estaban deseando. Lo veía en sus ojos, que eran toda una invitación.

La tumbó en la hierba y se puso encima con delicadeza, para no aplastarla con su peso. Aún no había perdido el control. Pero, un segundo después, ella le metió las manos por debajo de la camisa y Xavier se supo perdido.

La besó y su boca le supo cálida y dulce como el verano. Se preguntó cuánto tiempo había pasado desde la última vez que había deseado tanto a una mujer. Ni lo recordaba ni le importó. Solo podía pensar en Allegra y en el hecho de que lo estuviera besando con tanto desenfreno como él.

Rompió el contacto y le acarició la mandíbula con los labios. Ella echó la cabeza hacia atrás, ofreciéndole la garganta, y él le pasó la lengua y la mordió con ternura.

Allegra soltó un grito ahogado; un gemido de placer y de necesidad.

–Oh, Allie…

Xavier se estremeció. No podía ser; no debía ser. Si seguía adelante, terminaría por hacerle el amor.

Frustrado, se sentó y dijo:

–Lo siento. No sé qué me ha pasado. Es que…

Ella no dijo nada.

–Se supone que habíamos declarado una tregua… –continuó.

–Sí.

–Una tregua que no incluía besos –dijo Xavier, sin atreverse a mirarla–. Pero tú y yo… Todo es tan complicado.

–Porque tenemos asuntos pendientes. Tenemos que hablar. Hablar en serio.

Él asintió.

–Sí, pero no esta noche. Tú estás demasiado alterada y yo, demasiado cansado. Si queremos que esto salga bien, si verdaderamente queremos trabajar juntos y establecer una relación profesional, tendremos que aprender a refrenarnos.

Allegra suspiró.

–Tienes razón. Aunque lamento que las cosas no sean más sencillas.

Xavier pensó que, en cierto sentido, lo eran. Él la deseaba y ella a él también. Pero el deseo se mezclaba con el resentimiento. Era tan abrumador que no sabía qué hacer.

–Vamos. Te acompañaré a tu casa.

–No es necesario. Puedo ir sola.

Él sonrió.

–No te hagas de rogar…

Allegra se levantó sin esperar a que le ofreciera una mano. Por el camino, él mantuvo las distancias porque sabía que si la llegaba a rozar, si volvía a sentir el contacto de su piel, perdería el control y volverían a las andadas.

Cuando llegaron a la casa, ella lo miró.

–Si te apetece un café…

–No, creo que esta noche solo serviría para complicar más las cosas –replicó Xavier–. Ya hablaremos el lunes.

–El lunes –repitió ella en un susurro.

Xavier dio media vuelta y se fue deprisa, para no caer en la tentación de besarla hasta borrar toda la tristeza que había en sus ojos.

Capítulo Siete

Allegra no durmió bien aquella noche. Su cama le pareció más grande y solitaria que nunca y, aunque hacía calor, sentía un frío que le atenazaba las entrañas.

Sí, él tenía razón.

Su relación era muy complicada.

Pero, al menos, habían dado un paso adelante. Xavier había aceptado que tenían que hablar, solucionar sus asuntos pendientes.

El domingo, Gina le envió tres logotipos diferentes y media docena de diseños de etiquetas. Allegra sonrió y le dio las gracias. Obviamente, no podía tomar ninguna decisión sin enseñarle las propuestas a Xavier y debatirlas con él; pero, de momento, ella se decantaba por las versiones más sencillas. Y tenía la sensación de que Xavier estaría de acuerdo.

Ahora solo faltaba que su relación empezara a ser tan sencilla como algunas de las ideas de Gina.

El lunes por la mañana, se montó en la bicicleta y pasó por la panadería y por la tienda de Nicole, donde compró unas cerezas de aspecto delicioso y una caja de galletas para llevarlas al despacho; se había enterado de que la secretaria de Xavier volvía ese día y estaba decidida a ganarse su amistad.

Solo llevaba unos minutos en el despacho cuando notó un movimiento. Alzó la cabeza y vio a una mujer de mediana edad y cabello plateado. ¿Sería Therese? A Allegra no le pareció tan imponente como decía Xavier. No era la mujer alta y elegante que había imaginado. Estaba más bien regordeta y tenía una sonrisa maternal.

–*Bonjour* –le dijo, con una sonrisa–. Supongo que eres Therese…

–Sí. Y tú debes de ser Allegra… *Bonjour.*

–Estaba a punto de preparar un café. ¿Te sirvo uno? –se ofreció.

–*Merci…*

Cuando sirvió el café, abrió la caja de galletas y la puso sobre la mesa. Media hora más tarde, estaban hablando como si fueran las mejores amigas del mundo. Allegra le había dejado claro que su presencia no supondría una carga de trabajo añadida para ella, y se mostró encantada cuando Therese le enseñó unas fotografías de sus dos nietos: Amelie, de cinco años, y Jean Claude, el recién nacido.

Xavier llegó a su hora de costumbre, poco antes del mediodía. Saludó a Allegra con una sonrisa y, a continuación, se acercó a su secretaria, le dio dos besos en las mejillas y dijo algo en francés que Allegra no entendió. Pero, por su expresión, supo que se alegraba de que Therese hubiera vuelto.

Desgraciadamente, la vuelta de Therese implicaba que Allegra y Xavier tendrían que buscarse otro lugar para mantener la conversación que tenían pendiente.

Allegra se levantó y se sentó al otro lado de la mesa, para dejar su sitio a Xavier. Él debía de estar muy ocupado, porque casi no le dirigió la palabra durante una hora. De hecho, ni siquiera hizo un descanso para comer. Se puso a hablar por teléfono y devoró un sándwich a toda prisa mientras hablaba.

Cuando por fin colgó el teléfono, Allegra decidió aprovechar la oportunidad.

–Xavier, tengo que hablar contigo de un asunto relacionado con los viñedos. Sé que ahora no tienes tiempo, pero podríamos cenar esta noche…

–Esta noche –repitió él con inseguridad–. Sí, de acuerdo. Tenemos que hablar.

–De nosotros y del trabajo –puntualizó ella.

–¿Quieres que cenemos aquí?

–Preferiría un lugar más neutral –le confesó–. No sé, algún sitio con una mesa grande donde quepan un montón de documentos.

Él asintió.

–No te preocupes, conozco el sitio adecuado. ¿Qué te parece si te paso a recoger? Esta tarde tengo que volver a los viñedos.

–No hace falta. Si me das la dirección del restaurante, te esperaré allí.

–¿Sabrás llegar?

–Claro. Lo buscaré en Internet.

Él la miró con exasperación.

–No compliques las cosas. Tu bicicleta cabe en el maletero de mi coche, así que puedes volver a tu casa por tu cuenta… o, mejor aún, te llevaré yo.

–Pero…

Xavier echó un vistazo a la hora y dijo:

–Me tengo que ir. Si me doy prisa, estaré de vuelta con tiempo suficiente para darme una ducha y cambiarme de ropa.

Ella se miró los vaqueros.

–¿Y qué hago yo? ¿Me pongo algo más elegante?

Xavier se encogió de hombros.

–No creo que sea necesario. El sitio que tengo en mente no es de los que exigen etiqueta –dijo–. Hasta luego.

Therese se marchó a las cuatro porque tenía que recoger a su nieta, que salía a esa hora del colegio. Xavier volvió a las cinco y cuarto.

–Siento llegar tan tarde y tan sucio… Me ducharé, me cambiaré de ropa y nos marcharemos –anunció.

–De acuerdo. Te esperaré aquí.

Él arqueó una ceja.

– No has salido del despacho en todo el día. Y ni siquiera has descansado para comer –observó.

–Tú tampoco –le recordó ella.

–Eso es cierto, pero creo que te mereces un descanso. Sobre todo si también vamos a trabajar durante la cena.

–Está bien…

Allegra esperó a que Xavier cerrara la puerta y, a continuación, lo acompañó al interior.

–Supongo que Guy estará en el laboratorio, así que no existe la menor posibilidad de que salga a saludar y se muestre más o menos sociable –ironizó él–. Pero, si te apetece tomar algo, en la cocina hay café y zumo de naranja. Y la biblioteca está especialmente bonita en esta época del año. Desde el balcón, se ve la rosaleda de Guy. De hecho, puedes salir y esperarme allí si lo prefieres.

–Gracias. Así lo haré.

–Relájate y descansa. Volveré enseguida.

Allegra no conocía bien la bodega. Cuando era niña, se solía quedar en los jardines y, más tarde, cuando creció, Xavier la iba a buscar a casa de Harry. Sin embargo, encontró la cocina sin dificultad: era una habitación enorme, de suelo de terracota, armarios de color crema y una gran chimenea. Todas las superficies estaban tan limpias y ordenadas como el despacho de Xavier.

Allegra consideró la posibilidad de servirse un café, pero se contentó con tomarse un vaso de agua porque no quería manchar una taza. Y mientras esperaba, intentó no pensar que, justo en ese momento, Xavier estaría desnudo en la ducha.

Al cabo de un rato, salió al pasillo. La primera puerta daba a un comedor de aspecto bastante formal; la segunda, a un salón. Una vez más, Allegra se quedó sorprendida con lo limpio y ordenado que estaba todo. Era obvio que Xavier tenía su propia ama de llaves, porque estaba tan ocupado en el despacho y los viñedos que no era posible que dedicara tanto tiempo al cuidado de la casa.

Por fin, encontró la biblioteca. Los estantes estaban llenos de libros de las materias más diferentes y en varios idiomas. Junto a la chimenea, había sillones de aspecto extraordinariamente cómodo y, tal como Xavier le había dicho, el balcón daba a la rosaleda de Guy.

Se acercó a la repisa de la chimenea y admiró las fotografías que la decoraban. Xavier y Guy aparecían juntos en dos, y también había una donde estaban ellos y Jean-Paul. Pero no había ninguna de Chantal, lo cual le extrañó.

Sabía que la familia era muy importante para el mayor de los hermanos Lefevre. La ausencia de su madre no podía ser una casualidad. Había pasado algo malo, pero pensó que sería mejor que no se lo preguntara. En primer lugar, porque no era asunto suyo y, en segundo, porque su relación ya era demasiado complicada como para enturbiarla con una curiosidad que, probablemente, no sería bien recibida.

Entonces, se fijó en el piano que dominaba la estancia. Ella también tenía uno, pero estaba en Londres; y según Hortense, Harry había vendido el suyo dos años antes de morir.

La tentación fue irresistible. Además, ¿no le había dicho Xavier que se relajara?

Dejó el vaso de agua en una de las mesitas, se sentó en el taburete y practicó un par de escalas. El piano necesitaba afinamiento, pero no le importó; mejor tocar en un piano desafinado que no tocar en ninguno.

Momentos después, las notas del *Liebestraum* de Lizst empezaron a sonar. Allegra cerró los ojos y se dejó llevar por la música. Lo había echado terriblemente de menos. Cuando terminó con la pieza de Lizst, interpretó una de Chopin, otra de Satie y, por último, el *Claro de luna* de Debussy.

Xavier se quedó helado cuando oyó música procedente de la biblioteca y reconoció el tema de Debussy.

Fue como si volviera de nuevo a la infancia, cuando adoraba que su madre se sentara al piano y empezara a tocar. Sobre todo el *Claro de luna*, con él sentado junto al balcón, contemplando la lluvia tras los cristales.

Pero aquellas notas no llevaron ninguna alegría a su alma. Bien el contrario, se sintió profundamente traicionado.

Entró en la biblioteca, esperando encontrar a Chantal, y se quedó sorprendido al ver a Allegra.

–¿Qué haces aquí?

Allegra dejó de tocar.

–Me dijiste que me relajara…

–Sí, pero no esa forma –bramó.

Ella frunció el ceño.

–¿Qué ocurre, Xavier?

–Nada… Que el piano está desafinado –mintió.

–Sí, es cierto, pero no suena tan mal.

Allegra notó la tensión en y decidió dejar de discutir. Se levantó y se alejó del piano.

–Debería haberlo vendido hace años. Ni Guy ni yo tocamos.

–Xav, esta habitación necesita un piano. Y este es verdaderamente bonito.

Él guardó silencio, con expresión sombría.

–Lo siento, Xav… No pretendía meterme en tus asuntos. Es que Harry vendió su piano hace años y yo… en fin, lo echaba de menos.

Xavier nunca había sabido que Allegra tocara el piano ni, mucho menos, que lo tocara tan bien. De joven, se había mostrado tan reacia a seguir los pasos de sus padres que había llegado a la conclusión de que no tocaba ningún instrumento.

Y ahora, parecía preocupada. Pero, después de sus salidas de tono, no era precisamente sorprendente.

Suspiró y dijo:

–Discúlpame. Me he excedido.

–Y yo he sido una entrometida, así que los dos nos hemos equivocado –replicó con una sonrisa débil–. ¿Qué te parece si dejamos la conversación para otro día? El sábado pasado, yo estaba enfadada y tú, cansado; hoy, tú estás enfadado y yo, cansada. No es una buena combinación para hablar con tranquilidad.

–Entonces, olvidemos la cena. Te acompañaré a tu casa.

Ella arqueó una ceja.

–¿Por qué? Tenemos que comer algo, ¿no? Y no sé tú, pero yo no estoy de humor para cocinar –dijo–. Además, hay otros asuntos que necesito discutir contigo. Últimamente estás tan ocupado que ni siquiera tienes tiempo de contestar las llamadas telefónicas. Si no hablamos durante una cena, no hablaremos nunca.

—Trabajar en unos viñedos no es como trabajar en una oficina. No hay un horario fijo –se excusó.

—No lo he dicho como crítica, Xav –comentó ella, para tranquilizarlo–. Por cierto, ¿qué te parece si invitamos a Guy a cenar con nosotros?

Xavier se encogió de hombros.

—Puedes intentar que salga de su laboratorio, pero no te hagas muchas ilusiones.

Se detuvieron frente a la puerta del laboratorio de Guy. Allegra llamó y Guy abrió uno o dos minutos después, con el pelo revuelto y aspecto de científico loco. Xavier sonrió para sus adentros y pensó que su hermano era exactamente eso.

—¿Sí? –preguntó Guy, frunciendo el ceño.

—Me preguntaba si querrías cenar con nosotros –dijo Allegra.

—Gracias por la oferta, pero no puedo. Estoy haciendo algo importante… Marchaos y divertíos, niños –ironizó.

—No es una cena lúdica, sino de trabajo –puntualizó Allegra.

—¿Vais a estar hablando de vinos toda la noche? Razón de más para que no os acompañe. Ya tengo bastante con las catas de mi hermano… –declaró con humor–. Será mejor que lo dejemos para otra noche, cuando vosotros no tengáis que hablar de vinos y yo no esté tan ocupado. *Au revoir, petite.*

Guy le lanzó un beso y cerró la puerta. Allegra siguió a Xavier hasta su coche.

–No te atrevas a decir que ya me lo habías dicho –le advirtió.

Él sonrió y le abrió la portezuela.

–Yo no iba a decir nada…

Cuando Xavier giró la llave de contacto, se encendió el equipo de música y empezó a sonar *Waterloo Sunset*. Xavier apagó el equipo inmediatamente, dando por sentado que una amante de la música clásica no sabría apreciar el pop.

Pero se equivocaba.

–Eran los Kinks, ¿no? –dijo ella, sorprendiéndolo–. Buena elección. Me alegra que la música te guste y que solo odies el piano.

–No sabía que lo tocaras tan bien. ¿Nunca has considerado la posibilidad de tocar con tu madre? –se interesó.

Ella hizo una mueca.

–¿Estás bromeando? Yo toco para divertirme y ella toca para alcanzar la perfección.

–¿Y qué me dices de tu padre?

Allegra soltó un bufido.

–Solo le interesaría si yo estuviera dispuesta a practicar veinticuatro horas al día e interpretara perfectamente bien los cuatro conciertos para piano de Rachmaninov.

–O la *Rapsodia*, para interpretarla al alimón con tu madre…

Ella arrugó la nariz.

–Oh, por favor… Ya la veo a mi lado, frunciéndome el ceño por encima de su violín y desafiándome a tocar mal una nota. Además, mi padre insistiría en que yo trabajara con algo como el *Grand etude* de Alkan, porque es tan rápido y tan difícil que…. –Allegra volvió a suspirar–. No, no, nunca sería suficientemente buena para él. Y si mi objetivo fuera ganarme su aprobación, no me divertiría.

–¿Saben que tocas el piano?

–Por supuesto que no. Cuando estaba en el colegio, les pedí a mis amigos que guardaran el secreto. Y Harry jamás me habría traicionado… teniendo en cuenta que fue él quien me enseñó. Solo toco para divertirme. Cosas tristes cuando estoy triste y alegres cuando me siento como si el mundo estuviera a mis pies. Pero, normalmente, toco versiones de grupos de música pop.

Xavier estaba sorprendido con los gustos de Allegra. Cuando él era joven, no escuchaba demasiada música. Estaba ocupado con otras cosas. Jean-Paul había insistido siempre en que Guy y él aprendieran a ganarse la vida y, cuando no estaba en los viñedos, se dedicaba a reparar su deportivo.

–¿Te importa que cambiemos de conversación? –dijo ella–. Se suponía que íbamos a hablar de Les Trois Closes, no de mí.

–No me importa en absoluto. ¿De qué quieres que hablemos?

–De logotipos y etiquetas. Gina, mi mejor amiga, trabaja en mi antigua agencia de publicidad. Es una mujer con mucho talento –explicó–. La semana pasada me puse en contacto con ella y le di la información que necesitaba. Me ha enviado unas cuantas propuestas.

–¿Le pediste logotipos y etiquetas sin consultarlo antes conmigo? –preguntó, frunciendo el ceño–. ¿Es que ya no importo ni en mi propio viñedo?

–Estabas muy ocupado y yo…

–Tú querías demostrar que puedes ser útil –la interrumpió–. Está bien, lo comprendo. A fin de cuentas, eres la especialista en márketing.

–Xav, no intentaba pasar por encima de ti. Como tú mismo has dicho, solo te intentaba demostrar que puedo ser útil, que puedo añadir algo diferente, algo nuevo, a la empresa.

Él asintió. No podía negar que se estaba esforzando mucho.

–Está bien… Cuando lleguemos al restaurante, hablaremos de ello.

El restaurante resultó ser un establecimiento tranquilo, de comida excelente y servicio discreto, cuyo chef era un viejo amigo de Xavier. Se sentaron a una mesa y, tras pedir la comida y la bebida, él la miró a los ojos.

–Muy bien. Háblame de esas propuestas.

Allegra abrió el maletín que se había llevado y sacó el contenido de una carpeta.

–Aquí tienes las propuestas de Gina. Hay una que me gusta especialmente, pero no diré cual. Necesito saber tu opinión.

Él las estudió durante unos segundos y eligió la más sencilla.

–Esta me gusta mucho. Las tres hojas de parra

encajan con el nombre de nuestra empresa, y los colores son adecuados para el vino tinto, el rosado y el blanco. Aunque, a decir verdad, el tinto que yo produzco no tiene nada que ver con Les Trois Closes.

Ella sonrió.

—Has elegido la misma que yo y por las mismas razones. Entonces, ¿estamos *d'accord*? ¿Será nuestro nuevo logotipo?

—Estamos *d'accord* —respondió él, intentando disimular su satisfacción ante el hecho de que cada vez hablara más francés.

Allegra guardó los logotipos en la carpeta y sacó las propuestas de etiquetas.

—No estoy seguro de que el tipo de letra me convenza demasiado —dijo Xavier—. El actual está bien. ¿Por qué tenemos que cambiarlo por un tipo tan… informal?

—Porque la tierra de esta zona es informal y rebelde. Estamos al borde de los desfiladeros de Ardeche —le recordó—. Y es bueno que parezca escrito a mano porque nuestros vinos se hacen con el método tradicional, a mano. Esa etiqueta refleja el *terroir* y el proceso… Eres un artesano, Xavier.

Él arqueó las cejas.

—¿Me estás llamando campesino?

—¿Un campesino que vive en una bodega? —ironizó ella—. Ni mucho menos. Te estoy llamando artista.

Él sonrió, encantado.

—No me tomes el pelo, Allie.

—No te estoy tomando el pelo.

—Si tú lo dices… Pero has hecho un gran trabajo.

—Gracias, Xav –dijo, halagada.

—Entonces, ya está decidido. Utilizaremos ese logotipo. Pero no estoy tan seguro sobre las etiquetas. ¿Por qué cambiar algo que funciona?

—Si quieres ampliar tus mercados, tendrás que cambiar la estética para que refleje las expectativas de tus clientes internacionales. Ten en cuenta que los productos entran por los ojos. Yo he probado vinos por el simple hecho de que su etiqueta me gustaba. Y si su sabor me gustaba después, probaba más vinos de la misma casa.

Xavier pensó que tenía parte de razón.

—De acuerdo. Probaremos tu idea.

—Excelente… Pero también tendremos que extender la marca por las redes sociales.

—Recuerda que en Francia no son tan importantes como en Inglaterra y Estados Unidos –dijo Xavier.

—Es posible; pero, si te quieres extender por Inglaterra y Estados Unidos, tendrás que utilizar el medio de comunicación más adecuado, que en este caso es el marketing viral. De hecho, el blog está teniendo mucho éxito… cada vez recibe más visitas.

Justo entonces, el camarero apareció con la comida. Allegra probó su plato y dijo:

—Vaya, tenías razón. La comida es excelente.

Mientras comían, ella le habló de sus ideas para promover los vinos, empezando por la posibilidad de organizar catas y paseos por los viñedos para turistas.

—De esa manera, la gente podría disfrutar de nuestros paisajes y probar nuestros productos. Si además lo combinamos con artículos en la prensa especializada…

Allegra siguió hablando de las distintas opciones. Pero Xavier se quedó especial y gratamente sorprendido por su capacidad para afrontar el asunto desde el punto de vista económico y por su flexibilidad sobre los métodos.

Al final de la velada, estaba asombrado por lo mucho que se había divertido con ella. Su entusiasmo era contagioso. Se había convertido en una mujer terriblemente interesante. Una mujer que le encantaba.

Si no se andaba con cuidado, perdería la cabeza y se dejaría llevar por el deseo. Pero el pasado estaba demasiado presente y no quería complicar las cosas.

Cuando el camarero regresó para darles la cuenta, ella dijo:

—La idea de cenar ha sido mía, así que es justo que yo invite.

—No, nada de eso. Puede que la idea fuera tuya, pero soy un caballero chapado a la antigua y no voy a permitir que pagues tú.

—No seas incongruente, Xav… No puedes pensar que solo he vuelto a Francia por el dinero de Harry y, a continuación, negarte a que pague una cena.

Él se limitó a arquear una ceja.

–Somos socios con igualdad de derechos y obligaciones –le recordó ella–. Y te recuerdo que declaramos una tregua. No nos podemos pelear.

Xavier sonrió.

–Muy bien. Pagaremos a medias.

Después de pagar, Xavier la llevó en coche a la casa de Harry y abrió el maletero para que pudiera sacar la bicicleta.

–Hoy me has dado mucho en lo que pensar –dijo él.

–¿Eso es bueno? ¿O malo?

–Fundamentalmente bueno. Aunque no estoy muy convencido del asunto de las redes sociales.

–Si quieres que la gente hable de los vinos, tendrás que hacer algo distinto. No voy a negar que las redes pueden ser algo superficiales; pero si los productos son buenos y nuestras páginas son suficientemente atractivas…

–¿Suficientemente atractivas?

–Claro, hay que hacer cosas interesantes para llamar la atención. Tenemos que ser interactivos, dinámicos… Cuanto más tiempo pasen en nuestras páginas y más disfruten de la experiencia, mejor opinión tendrán de nosotros y más pedidos harán –contestó con una sonrisa–. Dame una oportunidad.

Él se encogió de hombros.

–Está bien. No quiero discutir contigo.

–No te arrepentirás, Xavier –le prometió.

–Eso espero.

–¿Sabes una cosa? Ahora pareces más relajado.

Xavier se puso tenso.

–¿Por qué dices eso?

Allegra respiró hondo.

–Porque puede ser un buen momento para mantener la conversación que hemos estado retrasando. Si dejamos que pase el tiempo, será más difícil.

–Es posible, pero eso no significa que vaya a ser fácil ahora –le advirtió.

Ella sacó la llave del bolso.

–Cuanto antes, mejor. ¿No crees? En fin, voy a dejar la bicicleta en su sitio… ¿Puedes preparar café?

Allegra le dio la llave de la casa.

–Por supuesto. Te estaré esperando.

Capítulo Ocho

Cuando Allegra volvió del granero, Xavier ya había servido el café y se había sentado a la mesa de la cocina. Parecía preocupado y, a pesar del daño que le había hecho, a ella se le encogió el corazón. Sintió el deseo de acercarse, pasarle los brazos alrededor del cuerpo y decirle que todo iba a salir bien; el deseo de devolverle el favor que él le había hecho junto a la laguna.

Pero sabía que el sexo se interpondría en su camino. Acabarían en la cama, harían el amor y, al final, ni hablarían del pasado ni solucionarían sus problemas. De hecho, se alegró de que se hubiera sentado al otro lado de la mesa, como si quisiera mantener las distancias. En ese momento, era lo mejor que podían hacer.

Allegra se sentó y preguntó:

—¿Las viñas han sufrido alguna vez una plaga?

—Sí, claro. ¿Por qué lo preguntas?

—Porque esto es muy parecido. Puede que el tratamiento duela, pero es mejor que esperar a que una plaga se lo lleve todo por delante.

Xavier echó un trago de café.

—Siento haber sido tan grosero contigo en la biblioteca. No me lo esperaba.

–¿Tanto te molesta que toquen el piano?

Él respiró hondo.

–Chantal lo tocaba constantemente. Es… No sé. Me trae recuerdos ambivalentes, alegres y tristes a la vez.

–He notado que te refieres a ella por su nombre de pila, como si no fuera tu madre. ¿Es que ha pasado algo?

Xavier suspiró.

–¿Que si ha pasado algo? –dijo con ironía–. Empezó a salir con otro hombre y abandonó a mi padre.

–Ah.

Allegra se quedó atónita. Obviamente, no tenía derecho a juzgar a Chantal; pero Jean-Paul siempre le había parecido un hombre maravilloso. Se acordaba de él con frecuencia; lo recordaba en el patio, riendo y haciendo chistes con Harry. De niña, envidiaba a Guy y Xavier porque, a diferencia de ella, tenían un padre que les prestaba toda su atención.

–Lo siento, Xav. Debió de ser difícil para ti.

–Lo fue. Yo creía que eran felices… No discutían nunca, y sé que mi padre la idolatraba. Nunca le habría hecho daño.

–No lo entiendo. ¿Por qué haría una cosa así? –se preguntó–. Pero, discúlpame, no es asunto mío… No es necesario que contestes.

–No me importa contestar, Allie… ¿Por qué se marchó con ese hombre? Chantal asegura que se fue porque mi Jean-Paul no le prestaba la atención que necesitaba –dijo, muy serio–. Aún no sé qué me sorprendió más, si el hecho de que lo abandonara o el momento que eligió para abandonarlo.

Ella frunció el ceño.

–¿El momento?

–Habíamos tenido dos cosechas particularmente malas. Yo no lo supe entonces, pero mi padre se vio obligado a trabajar día y noche para no perder los viñedos. El banco lo había amenazado con retirarle la línea de crédito.

Mientras él hablaba, Allegra tuvo la sensación de que en aquella historia había algo más, algo que no le había dicho. Y entonces, se le encendió una luz.

–¿Cuándo pasó, Xav?

–Ya no importa.

–Claro que importa.

Xavier se mantuvo en silencio durante unos segundos. Allegra pensó que no iba a responder, pero al final habló.

–Fue hace diez años.

A ella se le hizo un nudo en la garganta.

–¿Después de que yo me fuera a Londres?

–El día después de que Guy cumpliera los dieciocho. Supongo que fue un detalle que no arruinara su cumpleaños, pero el hecho de que organizara la fiesta a sabiendas de lo que iba a pasar al día siguiente… –él sacudió la cabeza–. No se lo puedo perdonar, Allie.

Guy cumplía años en septiembre, justo antes de la vendimia. Allegra se acordó de que la habían invitado a la fiesta y de que no había podido asistir porque sus padres estaban casualmente en Londres y los veía con tan poca frecuencia que decidió aprovechar la oportunidad. Pero había un detalle más importante: que, precisamente por esas fechas, Xavier se tenía que ir a París para empezar con su nuevo trabajo. Y Allegra ató cabos con rapidez.

—Dime una cosa, Xav. Cuando te llamé y te pedí que vinieras a Londres y pasaras unos días conmigo… No estabas en París, ¿verdad?

—No —admitió—. No pude abandonar a mi padre en esas circunstancias. Estaba completamente hundido. Chantal le había partido el corazón. Le presioné hasta que me dijo la verdad… me contó que estábamos prácticamente en la quiebra y que ese era el motivo por el que no le había prestado la atención necesaria.

Allegra le dejó hablar.

—Trabajaba tanto que ya no tenía tiempo para nada. Y me sentí en la obligación de quedarme con él.

—Así que renunciaste a tu trabajo de París…

Él se encogió de hombros.

—Siempre supe que volvería a los viñedos cuando papá se jubilara. Me limité a adelantar los acontecimientos.

Ella se mordió el labio.

—¿Harry lo sabía?

—Por supuesto. Era socio de mi padre desde hacía unos años… ¿Es que no te lo dijo?

Ella sacudió la cabeza.

—Le conté que tú y yo nos habíamos separado y replicó que estaba siendo demasiado dura contigo, que de todas formas éramos demasiado jóvenes para sentar la cabeza y que te debía dar un poco de espacio.

—Y discutiste con él.

Allegra asintió.

—Por mi culpa.

—Xav, si hubiera sabido lo que pasaba… Pero me sentía como si todo el mundo me estuviera presionando. Harry me decía lo que tenía que hacer y a ti te faltó poco para decir que lo nuestro había sido una simple aventura y que no tenías tiempo para mí. Estaba tan confundida que pensé que estabas con otra.

—Lo nuestro no fue una simple aventura. Y es verdad que no tenía tiempo para ir a Londres. Tenía que ayudar a mi padre; impedir que nos quitaran los viñedos —declaró con vehemencia—. En ese momento había cosas más urgentes que nuestra relación. Nuestros empleados dependían de nosotros. Sus puestos de trabajo dependían de nosotros. No los podíamos dejar en la estacada.

—Pero, ¿por qué no me dijiste lo que pasaba?

Allegra sintió arrepentimiento y rabia a la vez. Arrepentimiento, porque no había tenido ocasión de ayudar a Xavier; rabia, porque la había dejado al margen como si no confiara en ella.

—Porque me sentía avergonzado —respondió él con un suspiro—. Por algún motivo, no quería que supieras que mi madre se había marchado con otro después de veinticinco años de matrimonio. Y no quería que supieras de nuestras dificultades económicas.

Ella tragó saliva.

—Si me lo hubieras dicho, lo habría entendido. No habría podido cambiar nada, pero al menos habría estado contigo. Te habría escuchado, te habría apoyado... —Allegra sacudió la cabeza—. Dios mío. Tu vida se había hundido de repente y, por si eso fuera poco, te abandoné. Supongo que me habrás odiado mucho.

—Sí, no lo voy a negar. Pensé que me habías hecho lo mismo que Chantal a mi padre. Yo solo necesitaba un poco de tiempo, pero tú insistías e insistías, queriendo saber cuándo iba a ir a Londres. Sé que fui grosero contigo, pero no tenía esa intención. ¿De verdad pensaste que estaba saliendo con otra?

—No se me ocurría otra razón para que te mostraras tan distante. Solo tenía dieciocho años, Xav. Sabía poco de la vida y estaba cansada de que los demás me intentaran imponer sus criterios. Pensé que no me querías y, como siempre he sido bastante orgullosa, decidí abandonarte antes de que tú me abandonaras a mí.

—Y también me odiaste, claro.

Ella se mordió el labio.

—Durante una temporada. Pero nunca quise que lo nuestro terminara. Aquel verano pensé que todos mis sueños se habían hecho realidad; pensé que...

–¿Qué pensaste? –dijo él, con voz quebrada por la emoción.

–No importa.

–Por supuesto que importa. Dímelo.

–Pensé que, cuando saliera de la universidad…

–¿Sí?

–Podríamos vivir juntos.

–Yo también lo pensé. De hecho, tenía intención de pedirte que te casaras conmigo. Lo había pensado bien. Vendería el coche y, con el dinero, te compraría un anillo espectacular. Luego, te llevaría a lo alto de la torre Eiffel y te pediría matrimonio.

Allegra supo que estaba diciendo la verdad. La había amado tanto como ella lo había amado a él.

–Cualquier anillo me habría servido, Xav. Yo no quería lujos. Solo te quería a ti.

–¿Cómo pudo salir tan mal?

Ella se encogió de hombros.

–Malinterpreté tu actitud. Como ya he dicho, no sabía nada de la vida… Pero jamás quise hacerte daño.

–Ni yo pretendía que te sintieras despreciada –le confesó–. También era demasiado joven.

–Si hubiéramos hablado entonces… Pero el pasado no se puede cambiar, y no tiene sentido que sigamos eternamente con las recriminaciones.

Allegra deseó acercarse y acariciar a Xavier, pero se contuvo porque no le quería asustar.

–¿Ya no ves a tu madre?

–La veo muy poco. Todavía no la he perdonado –dijo–. Mi padre lo pasó verdaderamente mal por su culpa. Pero la quería tanto que la dejó ir sin escándalos y le concedió el divorcio para que pudiera ser feliz.

–¿Se casó con el otro hombre?

–Sí, pero ese matrimonio no duró demasiado. Ni los tres siguientes. Busca un hombre que esté a la altura de mi padre y no lo encuentra.

–¿Y qué me dices de Jean-Paul? ¿Le habría gustado que Chantal volviera con él?

–Por supuesto. Estuvo enamorada de ella hasta el día de su muerte. Yo habría preferido que encontrara a otra mujer y rehiciera su vida, pero él solo quería a Chantal –dijo con tristeza–. Supongo que los Lefevre somos así. Tenemos la manía de enamorarnos de mujeres que no nos convienen.

El comentario de Xavier le hizo daño.

–Eso no es cierto. Tú y yo nos llevábamos muy bien.

–Sí, es posible, pero no duró. Mi padre se concentró en su trabajo y yo le ayudaba en todo lo que podía. Pero no se me ocurrió que era un hombre mayor y que ya no tenía fuerzas para trabajar a destajo… No hasta que sufrió aquel infarto.

–¿Es que te sientes culpable? Xavier, no fue culpa tuya…

–Eso es lo que él dijo. Lo que dijo Guy. Pero yo me sentí culpable de todas formas –admitió–. Cuando mi padre estaba en el hospital, llamé a Chantal y le pedí que fuera a verlo.

–¿Y fue?

Él apartó la mirada.

–Dijo que se lo pensaría. Pero no sé qué habría pasado, porque mi padre falleció antes de que ella tomara esa decisión.

–Oh, es tan triste…

–No la he visto mucho desde entonces. Guy la ha perdonado; en parte, porque mi padre no le habló de los problemas económicos que teníamos. Estaba con exámenes y no quisimos preocuparlo. Además, Guy hizo las prácticas en Grasse, que no está muy lejos de Cannes, donde vivía Chantal. Al parecer, la iba a ver de vez en cuando… Pero lo guardó en secreto durante más de un año por miedo a mi reacción.

Xavier respiró hondo.

–Cuando me lo contó, tuvimos una buena discusión. Sin embargo, él me hizo ver las cosas desde otro punto de vista. Dijo que mi madre era una mujer de mediana edad que estaba pasando por la crisis de los cuarenta y que se había convencido de que mi padre no quería estar con ella porque ya no la encontraba atractiva… No sabía que mi padre solo le quería ahorrar la preocupación por el estado de los viñedos. Y cometió un error terrible.

–Puede que no lo hubiera cometido si tu padre se lo hubiera dicho a tiempo –observó Allegra.

–Sí, puede. Pero nunca lo sabremos. Como tú misma has dicho, el pasado no se puede cambiar –sentenció.

–¿Y qué vamos a hacer ahora? Me refiero a ti y a mí.

–No lo sé, Allie. Me he acostumbrado a desconfiar de la gente. Primero, mi madre abandonó a mi padre; luego, tú me abandonaste a mí y, más tarde, Vera abandonó a mi hermano y se divorció de él. Y Vera le sacó todo el dinero que pudo –contestó con sorna–. Como ves, los Lefevre no tenemos suerte con las mujeres.

–Pero eso no quiere decir que no la podáis tener.

–Eso espero.

Allegra sacudió la cabeza.

–Dios mío. Ahora entiendo que desconfiaras de mí cuando volví a Ardeche después de la muerte de Harry. Pensaste que yo era como Vera.

–¿Qué otra cosa podía pensar? Pero ahora te entiendo mejor. Incluso entiendo que no asistieras al entierro de Harry… No fue culpa tuya.

–En cierta forma, lo fue. Tendría que haber sido más fuerte; tendría que haber plantado cara a mi jefe. Pero no atreví. El trabajo me importaba demasiado.

–¿Todavía te importa?

–Te recuerdo que he presentado mi dimisión.

–En ese caso, lo preguntaré de otro modo… Si surgiera la ocasión de recuperar tu antiguo empleo, ¿la aprovecharías?

Ella se lo pensó y dijo:

–No. Me gustaba la agencia, pero no volvería aunque mi jefe me ofreciera el puesto que me había ganado.

–Entonces, ¿qué quieres?

Allegra solo quería una cosa. Quería a Xavier. Pero no estaba segura de que le concediera una segunda oportunidad.

–No lo sé… Solo sé que es mejor que nos tomemos las cosas con calma. Puede que lleguemos a ser amigos.

–Me temo que eso va a ser difícil. Tengo que hacer verdaderos esfuerzos para no abalanzarme sobre ti. Ardo en deseos de besarte hasta volverte loca. Me gustaría llevarte a la cama ahora mismo y hacerte el amor. Pero no sería justo, Allie. No estoy buscando una relación seria. Solo quiero dedicarme a mis viñedos y hacer vinos que le gusten a la gente.

–¿Estás diciendo que, entre nosotros, solo puede haber una relación profesional?

–Sí. Es lo mejor.

Ella no estaba tan segura, pero decidió aprovechar lo que le daba.

–¿Quiere eso decir que estás dispuesto a que trabajemos juntos?

Xavier asintió.

–Sí. Ahora nos entendemos; sabemos lo que buscamos, lo que queremos.

Él se levantó y llevó su taza de café, ya vacía, a la pila.

–No sé si tiene sentido después de tanto tiempo, pero siento lo que pasó entre nosotros. No quería hacerte daño.

–Ni yo a ti.

–Bueno, nos veremos en el despacho. Buenas noches, Allie.

–Buenas noches, Xav.

Él abrió la puerta y se marchó.

Capítulo Nueve

Xavier había dicho que su relación debía ser estrictamente profesional y, durante los días siguientes, Allegra se esforzó a fondo en el trabajo. Todos los días le presentaba una idea o un proyecto diferente para Les Trois Closes, cuyos vinos estaban a punto de llevar la etiqueta nueva. Y todos los días escribía otra entrada en el blog, al que había llamado «Diario de una vigneronne novata».

Allegra no hacía trabajos físicos, pero Xavier pensaba que su trabajo no era menos importante por eso. Y ni él ni nadie habría podido negar que estaba completamente comprometida con la empresa.

–Hay varias revistas que están interesadas en publicar artículos sobre nuestros viñedos –le informó al lunes siguiente–. Algunas quieren información sobre la vida de una inglesa en Francia y sobre la dificultad de dejar una gran ciudad para marcharse a vivir al campo, pero también hay medios que están interesados en nuestros vinos. Creo que la atención mediática nos vendrá muy bien.

–Sí, yo también lo creo.

–Obviamente, tendré que sacar fotografías para que sirvan de cobertura gráfica de la información.

¿Hay algo que no quieras que se publique? Por supuesto, no haré nada sin consultarlo antes contigo o con los trabajadores, pero me encantaría ofrecerles una serie de artículos... algo así como un año de vida en unos viñedos.

A Xavier no le sorprendió que estuviera haciendo planes a largo plazo. Era evidente que tenía intención de quedarse. Pero la perspectiva le incomodó, porque su relación se parecía demasiado a un castillo de naipes. Tenía la sensación de que, cuantas más cartas pusiera, más fácil sería que se hundiera de repente.

–En ese caso, será mejor que te presente a las personas adecuadas.

Ella sonrió de oreja a oreja.

–Genial. ¿Cuándo?

–¿Mañana por la mañana?

–Me parece perfecto. Si es necesario, estaré aquí al alba.

Él sonrió.

–Eso no es necesario. Ven cuando te parezca mejor, Allie. Llámame al móvil y pasaré a recogerte.

Allegra sacudió la cabeza.

–No quiero sacarte del trabajo. Si me dices dónde vas a estar, iré por mi cuenta.

–Solo tardaría diez minutos... Pero está bien; si no quieres que pase a recogerte, no pasaré. Nos encontraremos aquí, en el despacho.

–Excelente. Te llamaré cuando llegue.

A las siete y media de la mañana siguiente, Allegra estaba en el despacho de la bodega. Se había puesto unas zapatillas, unos vaqueros, una camisa roja y una pamela con una cinta del color de la camisa. Al verla, Xavier se alegró de tener que conducir; al menos, tendría las manos ocupadas en el volante y no sentiría la tentación de tomarla entre sus brazos y besarla.

La estaba volviendo loco. Hacía verdaderos esfuerzos por sacársela de la cabeza, pero no lo conseguía.

A lo largo de la mañana, le presentó a los empleados que trabajaban en los campos, y su reacción lo incomodó todavía más. Ni el más taciturno se negó a hablar con ella. Allegra se mostró tan sinceramente interesada y formuló preguntas tan educadas y bien dirigidas que se los metió a todos en el bolsillo. De hecho, no hubo ninguno que se negara a que le hiciera una fotografía para el blog.

Cuando llegó la hora de comer, se había hecho amiga de todos y había conseguido que la trataran como si llevara toda la vida allí.

—Ha sido maravilloso —declaró Allegra en el coche, de camino al despacho—. Y me han dado muchas ideas sobre la fauna y la flora del lugar.

—Son un equipo excelente.

—Xav, sé que de momento soy más una molestia que una ayuda, pero me gustaría trabajar un poco en los campos. No sé, quizás una hora al principio, lo necesario para acostumbrarme… No quiero ser la mujer que se sienta en el despacho y habla con la gente. Me gustaría ser parte de los viñedos.

Xavier no se pudo negar.

–Está bien, pero hazlo con cuidado. En el sur de Francia hace mucho más calor que en Inglaterra.

–Tendré cuidado, no te preocupes. Contrariamente a lo que puedas creer, soy capaz de seguir instrucciones como el que más… solo necesito que me expliquen los motivos.

–En otras palabras, no quieres que te dé órdenes sin explicarme antes.

Ella sonrió.

–Exacto. Entonces, ¿te parece bien que trabaje una hora al día en los viñedos, por las mañanas? Después, me iré con mi cámara y sacaré fotos.

Xavier no estaba precisamente contento con su petición. El trabajo en los viñedos le había ofrecido la oportunidad perfecta para mantener las distancias con ella; unas distancias que saltarían por los aires si trabajaba a su lado. Pero, por otra parte, le parecía una petición razonable. Y no se le ocurría ninguna razón para rechazarla.

–Me parece bien –mintió.

Durante los días siguientes, Allegra estuvo trabajando una hora al día en los viñedos y, a continuación, tomaba notas, hacía fotografías y grababa sonidos del campo para subirlos al blog. A finales de semana, Xavier se dio cuenta de que estaba sucumbiendo a su hechizo y de que no podía hacer nada por evitarlo.

El viernes de la tarde, cuando todos los demás se habían marchado, se quedó a comprobar unas viñas que le preocupaban. Las estaba mirando cuando el vello de la nuca se le erizó. Era Allegra.

¿Qué estaba haciendo allí? ¿Por qué no estaba en el despacho o de vuelta en su casa? Los viernes, todos salían antes de trabajar.

–Hola –dijo ella con una sonrisa tímida.

–Hola –dijo él, con voz algo quebrada.

–Suena como si tuvieras sed…

Él pensó que la tenía; pero no de agua, sino de ella. Ella lo malinterpretó y le ofreció su botellita.

–Toma, bebe un poco.

–Gracias.

Xavier la alcanzó y se la llevó a los labios para beber, pero estaba tan nervioso que se atragantó y ella le dio unas palmaditas en la espalda.

–¿Te encuentras bien?

–Sí, sí… gracias por el agua.

–De nada.

Ella lo miró a los ojos y bebió de la botella por el mismo sitio.

¿Estaría coqueteando con él? Xavier no lo sabía, pero se excitó al instante.

–¿Tienes cinco minutos?

Él respiró hondo.

–Quiero enseñarte algo –siguió Allegra.

–Sí, por supuesto.

Allegra lo llevó hasta unos árboles y los dos se sentaron a su sombra. Luego, abrió el ordenador portátil y se lo puso sobre las piernas.

–Veamos lo bien que conoces tus viñedos…

Allegra le hizo un test de sonidos que había grabado en los campos. A Xavier le pareció divertido, y consiguió reconocer ocho de los diez.

–No está mal, monsieur Lefevre. Pero esperaba que los reconocieras todos.

Xavier la miró. Sus ojos brillaban y un rayo del sol le iluminaba el pelo. Francia le sentaba muy bien. Sin sus trajes de ejecutiva, se parecía enormemente a la chica que había conocido años atrás. Y, a pesar de que llevaba pamela, se estaba poniendo morena y le habían salido pecas en la nariz.

Aquella mujer ya no era una londinense fría y distante. Era la chica de la que se había enamorado de joven.

–¿En qué estás pensando? –preguntó ella.

Xavier no le podía decir la verdad, de modo que se encogió de hombros y contestó:

–*Ce n'est rien.* ¿Cuándo subirás el test al blog?

–La semana que viene.

Xavier prefería hablar de trabajo porque, de esa manera, corría menos peligro de perder el control. Pero era demasiado consciente de su presencia y, por si eso fuera poco, se había empezado a hacer preguntas.

¿Cómo reaccionaría esta vez si surgía algún problema en los viñedos? ¿Se quedaría a su lado y lo ayudaría? ¿Tendría la paciencia necesaria? ¿O se volvería a marchar como había hecho diez años antes?

No lo sabía, y ese era el problema. Hasta que no pudiera confiar en ella, sería mejor que se refrenara y mantuviera las distancias. Por el bien de los dos.

***

Pasó una semana más, y Allegra pensó que Xavier ya no la miraba con inquietud. Todas las mañanas, pasaba por la tienda y, para diversión de Nicole, se dedicaba a probar distintos tipos de vinos. Luego, intentaba comer con Xavier y compartir con él sus impresiones.

Trabajar en los campos sirvió para que aumentara su confianza en sí misma. Se empezaba a sentir parte de los viñedos, parte del equipo. Le salieron ampollas en las manos y Xavier se apresuró a ponerle una crema y fue tan delicado que la desarmó por completo.

El miércoles, salieron a pasear a última hora de la tarde. En general, la temperatura ya había bajado para entonces y hacía mucho menos calor; pero aquel día el calor era tan insoportable que casi no se podía respirar.

–Será mejor que demos media vuelta. Va a llover –dijo Xavier tras mirar el cielo.

Allegra guardó la cámara con la que estaba sacando fotografías y, a continuación, iniciaron el camino de vuelta. Aún estaban a mitad de camino cuando empezó a diluviar. Xavier la tomó de la mano y la llevó corriendo hasta la arboleda que se encontraba en el límite de los viñedos. Las ramas los protegieron un poco, pero no tanto como para que no terminaran completamente empapados.

Allegra se estremeció al ver que la camisa se le había pegado al pecho, enfatizando sus músculos. Y se estremeció aún más al darse cuenta de que a ella le pasaba la mismo, pero enfatizando sus senos.

Giró la cabeza y sus miradas se encontraron. No supo quién dio el primer paso. Solo supo que, de repente, se estaban besando como si la vida les fuera en ello. Ya no importaba nada más; solo era consciente de Xavier, de la fuerza de su cuerpo y de la calidez de su boca. Ni siquiera le importaba que estuvieran empapados; solo quería que la besara y que la acariciara hasta saciar toda su necesidad.

Y entonces, el dejó de besarla.

Allegra se sintió tan frustrada que estuvo a punto de soltar un gemido. De hecho, solo se contuvo porque notó que él estaba tan frustrado como ella.

Había dejado de llover y todo olía a tierra húmeda.

–Deberías ir a casa y quitarte la ropa –dijo él.

–Sí –susurró ella.

Allegra supo que su afirmación contenía mucho más que la voluntad de quitarse la ropa mojada y ponerse ropa seca. Se quería desnudar y sentir el peso del cuerpo de Xavier. Quería cerrar las piernas alrededor de su cintura y sentirlo dentro.

Xavier la tomó de la mano y la llevó al coche. Sabía que aquello era una locura y que no lo debía hacer, pero lo estaba deseando con todas sus fuerzas. Además, existía la posibilidad de que, después de hacer el amor, se liberara de la tensión que lo estaba matando y pudiera volver a su vida normal.

Cuando subieron al coche, estaba tan nervioso que ahogó el motor. Para empeorar las cosas, se había dejado el aire acondicionado encendido y la ráfaga de aire frío contribuyó a ponerlo aún más tenso. Y por si no tuviera ya bastantes problemas, cometió el error de girarse y mirar a Allegra.

El aire frío había tenido el mismo efecto en ella. Con el agravante de que los pezones se le habían endurecido y se veían claramente bajo su camisa empapada.

Sencillamente, no lo pudo evitar. Se inclinó y le acarició un pezón.

Ella soltó un suspiro de placer y él perdió el control. Abrió la boca y le succionó los pezones con toda la necesidad que llevaba dentro, a pesar de la tela que lo separaba de su piel.

Ni siquiera supo cómo consiguió apartarse. De algún modo, arrancó el coche y la llevó a la bodega. Cuando se quiso dar cuenta, se encontró con ella en la habitación donde estaba la lavadora, quitándole la ropa. Haciendo exactamente lo que deseaba, desnudarla.

Era preciosa. Una mujer de los pies a la cabeza. Y la deseaba con locura.

Se desnudó a continuación y metió todas las prendas en la lavadora. Entonces, la volvió a mirar y se quedó sorprendido al ver un destello de inseguridad en sus ojos.

—¿Qué ocurre?

—¿Qué pasará si alguien entra y nos ve?

—No vendrá nadie.

—¿Cómo puedes estar tan seguro?

—Guy no está aquí, está en Cannes.

Ella se mordió el labio.

–¿Y la mujer que limpia la casa?

Él dio un paso hacia ella.

–Solo viene por las mañanas –explicó–. No tengas miedo. Deja de hablar y bésame.

Allegra lo besó. Xavier cerró las manos sobre sus pechos y le acarició los pezones con los pulgares. Ella sintió una descarga de placer, pero no era suficiente. Necesitaba más, así que se arqueó contra él y le ofreció el cuello.

Xavier la devoró con toda la ternura del mundo. Le había metido una pierna entre los muslos y, por si eso fuera poco, Allegra notaba la dureza de su erección. Seguían mojados y el suelo estaba frío, pero sentía un calor intenso.

Tal como había hecho en el coche, él le succionó un pezón; pero esta vez no había barrera alguna, y la sensación fue tan arrebatadora que llevó las manos a su pelo y apretó, urgiéndolo a succionar más.

Pero, para su sorpresa, él se detuvo.

–Xav... –protestó.

–O te llevo a mi cama o hacemos el amor aquí mismo, en el suelo –le advirtió–. A mí ya no me importa. Si quedaba un resquicio de civilización en mí, lo he perdido. Pero quiero darte la oportunidad de que cambies de opinión.

Ella lo miró con pasión.

–No voy a cambiar de opinión. Quiero hacer el amor contigo.

–Entonces, será en mi dormitorio.

Xavier la llevó a su habitación entre besos y caricias y la posó en la enorme y suave cama de matrimonio, que olía ligeramente a lavanda.

El colchón se hundió bajo su peso. Xavier asaltó otra vez su boca y, acto seguido, se dedicó a explorar su cuerpo con más caricias y más besos, hasta llevarla al borde de la implosión. Estaba tan excitada que temblaba de necesidad. Él le introdujo una mano entre los muslos y avanzó hacia su sexo, pero se detuvo cuando estaba a punto de tocarlo.

Ella suspiró.

–Xav, me vas a volver loca.

–Y yo me volveré loco contigo, *ma belle.*

–Por favor… –le rogó.

Solo entonces, Xavier la tocó donde más lo deseaba. Y la empezó a masturbar.

–Más… –susurró ella.

Él le metió un dedo.

–Más, más… –insistió Allegra–. Te necesito dentro. Ahora.

Él cambió de posición para abrir el cajón de la mesita y sacar un preservativo, que se puso de inmediato. Allegra separó las piernas y admiró los músculos de sus brazos cuando Xavier se colocó encima y se apoyó en ellos para penetrarla.

Aún recordaba la primera vez que habían hecho el amor; el día en que perdió la virginidad. Entonces, él se detuvo un momento para permitir que su cuerpo se acostumbrara a la invasión repentina. Ahora hizo lo mismo.

—¿Estás bien? —preguntó en voz baja.

—Muy bien —respondió.

—Me alegro…

Xavier se empezó a mover. Al principio, sin prisa; más tarde, con acometidas fuertes y rápidas.

Allegra había olvidado lo bien que se sentía al hacer el amor. Naturalmente, se había acostado con otros hombres; pero ninguno le había gustado tanto como Xavier ni había logrado que se sintiera tan libre y completa.

Llevó las manos a su cabeza y le acarició el pelo. Luego, lo obligó a bajar lo suficiente para alcanzar su boca, introducirle la lengua e imitar los movimientos que él hacía más abajo, dentro de su cuerpo.

El placer fue aumentando poco a poco, llevándola cada vez más cerca del abismo, hasta que lo dejó de besar, hundió la cabeza en la almohada y se arqueó con fuerza contra él, tomando todo lo que le podía dar y mucho más.

Tras el clímax, abrió los ojos y lo miró. Había sido tan intenso que ni siquiera se había dado cuenta de que él estaba a punto de llegar al orgasmo.

—Xav…

Él la volvió a besar y se deshizo en ella con una última acometida.

Allegra le acarició los labios y sonrió. No necesitaban hablar; lo que habían hecho trascendía las palabras. Ahora sabía que todo iba a salir bien.

Xavier se levantó para ir al cuarto de baño y quitarse el preservativo. Cuando volvió al dormitorio, parecía diferente. Su sonrisa y su relajación habían desaparecido en algún momento, aplastados bajo una expresión sombría.

–¿Qué pasa? –preguntó con suavidad.

–Lo siento.

Ella frunció el ceño.

–¿Cómo?

–Lo siento mucho, Allie. No debí permitir que las cosas llegaran tan lejos.

Allegra lo miró con incredulidad, incapaz de creer lo que había oído. Él se pasó una mano por el pelo y se sentó en el borde de la cama.

–Acordamos que nuestra relación sería estrictamente profesional –continuó.

–No es tan sencillo; lo sabes de sobra. Nos deseamos. Esto ha sido cosa de los dos. Yo lo necesitaba tanto como tú.

–Pero no te puedo ofrecer nada...

–Oh, vamos. ¿Que no me puedes ofrecer nada? Acabamos de hacer el amor y te has entregado a mí por completo.

Él se ruborizó un poco.

–Sí, bueno, es que... puedo dejar de tocarte.

Allegra sonrió. Ya sabía que la deseaba, pero tenía la impresión de que sus sentimientos eran más profundos. Podían recuperar el tiempo perdido.

–Yo tampoco me canso de tocarte, Xav. ¿Por qué te resistes? Es evidente que nos llevamos muy bien.

Él sacudió la cabeza.

–Solo es deseo sexual, Allie.

Allie sabía que no era cierto. Era más que eso;

por lo menos, para ella. Xavier le gustaba terriblemente. Se había convertido en un hombre justo.

A decir verdad, siempre había estado enamorada de él. Lo había ocultado en el lugar más profundo de su corazón porque no quería sufrir más, pero su amor había sobrevivido. Por eso no había funcionado el resto de sus relaciones. Porque amaba a Xavier. Porque siempre lo había amado y siempre lo amaría.

Y sospechaba que a él le pasaba lo mismo.

Salvo por la pequeña diferencia de que Xavier seguía en la fase de ocultar y negar sus sentimientos.

¿Qué podía hacer para liberarlo de sus temores?

—Tú me deseas y yo te deseo —dijo—. Si te besara ahora, me besarías.

—Es posible, pero ya te he dicho que no te puedo ofrecer nada más.

—¿Crees que te voy a dejar otra vez en la estacada? ¿Se trata de eso? Xav, he trabajado contigo, codo con codo. He aprendido mucho de ti y hasta creo que yo también te he enseñado algunas cosas. Formamos un buen equipo.

—Lo sé, pero el trabajo no es el problema.

—Entonces, ¿dónde está el problema?

—En que tengo miedo, Allie. No dejo de preguntarme qué pasará si tenemos un par de malas cosechas, si pasa algo malo en los viñedos y se vuelve a repetir la historia de mis padres —le confesó.

—¿Piensas que me comportaré como tu madre? ¿Qué te abandonaré?

—Viniste a Francia para escapar de tu trabajo en

Londres. No presentaste la dimisión hasta que supiste que Harry te había dejado sus tierras en herencia.

—Eso no es justo —protestó ella.

—Es verdad.

—Sí, bueno… pero esto es distinto. No tiene nada que ver con mi antiguo trabajo —alegó—. ¿Qué intentas decirme, Xav? ¿Que no confías en mí?

—Más bien, que no confío en mi buen juicio. No en lo que a ti respecta —contestó él—. Me he equivocado demasiadas veces a lo largo de los años.

Ella frunció el ceño.

—¿No me vas a dar ni una oportunidad?

—No te quiero hacer daño, Allie.

Allie pensó que ya se lo había hecho.

—¿Y qué hace falta para que confíes en mí?

—No lo sé… —dijo con desesperación—. Te aseguro que no lo sé. Si lo supiera, lo arreglaría todo.

Ella entrecerró los ojos.

—¿Que tú lo arreglarías? Esto es cosa de dos, Xav. No me digas que mantienes las distancias conmigo porque te sientes en la necesidad de protegerme.

—Yo no digo nada.

Allegra soltó un suspiro.

—Eres el hombre más obstinado que he conocido.

—Gracias por el halago.

—No era un halago, pero está bien… Te ofreceré el tiempo y el espacio que necesitas. Aunque antes me gustaría cambiarme de ropa.

—Me temo que no tengo nada apropiado para

ti. Iré a ver si la lavadora ha terminado y meteré tus cosas en la secadora.

–¿No me puedes prestar una camiseta o algo así?

–Por supuesto. Entra en mi vestidor y elige lo que quieras –contestó–. Estaré abajo. Si te quieres dar una ducha, hay toallas limpias en el servicio.

Tras ponerse unos calzoncillos, unos pantalones cortos y una camiseta, Xavier se marchó y la dejó a solas. Allegra se metió entonces en el cuarto de baño y se dio una ducha. Después, se puso una camisa blanca de algodón.

Desgraciadamente, la camisa dejaba ver más carne que un vestido corto. Y como no quería usar la ropa interior de Xavier, tendría que recordar que no se debía inclinar hacia delante.

Xavier la miró con deseo cuando llegó a la cocina.

–¿Un café?

–No, gracias.

–Te invitaría a dar un paseo por el jardín, pero está lloviendo otra vez.

–Puedes hablar todo lo que quieras, Xav, pero eso no va a cambiar lo que ha pasado.

–No, supongo que no.

Allegra se acercó a él y le puso una mano en el brazo.

–Ven conmigo –dijo–. Quiero hacer algo por ti.

Xavier la acompañó a regañadientes.

–Ahora, te puedes sentar a mi lado o tan lejos de mí como te parezca oportuno –continuó ella–. Pero deja que borre tus malos recuerdos.

–Mientras no toques nada de Debussy…

Ella se sentó en el taburete.

–Descuida. Tocaré *Waterloo Sunset*. Pero tú me tienes que acompañar.

–¿Cómo?

–Teniendo en cuenta que la llevabas puesta en el coche, doy por sentado que la cantas en voz alta… Pues cántala conmigo.

Allegra empezó a tocar y, tras algunas dudas iniciales, Xavier empezó a cantar. Tenía buena voz, fuerte y bonita.

–¿Lo ves? No ha quedado tan mal… Y es la mejor forma de librarse de la tristeza. O, por lo menos, la mejor que yo conozco –declaró–. ¿Qué canción tocamos ahora? Di una, la que tú quieras.

–¿Sabes tocar de oído? –preguntó con sorpresa.

–Si conozco la canción, sí. Y no me mires como si fuera lo más raro del mundo… Cuando llevas muchos años tocando, es bastante fácil.

–Será fácil, pero la gente normal no sabe hacer esas cosas.

–Claro que saben. No estarás insinuando que he heredado el genio musical de mi familia, ¿verdad? –dijo con ironía–. Yo no me parezco a mis padres. Como ya te dije, solo toco por placer.

Allegra eligió un tema de los Beatles. Xavier soltó un suspiro de frustración, pero se sentía mucho mejor cuando ella terminó de tocar y cerró la tapa del piano.

–La vida está llena de cosas buenas, Xav. Solo tienes que dejarte llevar un poco y confiar en la gente.

–¿Por qué? Me consta que creciste con unos padres que no eran precisamente cariñosos. Te prestaban poca atención y te arrastraban con ellos por todo el mundo…

–Pero tenía a Harry. De hecho, él fue quien me enseñó que la música podía ser divertida. Tocaba conmigo cuando yo era pequeña. Interpretaba cualquier canción que le pidiera. Estoy segura de que habría sido un músico excelente –Allegra suspiró–. En fin, no me hagas mucho caso. Puede que esté diciendo tonterías.

–En absoluto. –Xavier dio un paso hacia ella–. Allie, me gustaría que las cosas fueran diferentes entre nosotros, pero algo se rompió en mí hace diez años. Yo no te convengo. Te haría daño. Es mejor que lo dejemos así.

–Sonarías más convincente si no me estuvieras abrazando, Xav.

Xavier se quedó atónito. Ni siquiera se había dado cuenta.

–Bueno… iré a ver si tu ropa ya se ha secado.

Xavier se estaba comportando como un cobarde, y los dos lo sabían. Sin embargo, Allegra prefirió no decírselo. Había conseguido que le abriera un poco su corazón y estaba demasiado asustado.

Volvió al taburete del piano y se sentó.

Iría despacio con él. Se tomaría las cosas con calma. Pero, al final, le demostraría que su relación podía salir bien.

Capítulo Diez

Durante los días siguientes, Xavier hizo lo posible por mantenerse alejado de Allegra y no caer otra vez en la tentación. Albergaba la esperanza de que se terminara por aburrir de los viñedos y volviera a Inglaterra. Pero no se la podía quitar de la cabeza. Soñaba con ella todas las noches, y empezaba a estar desesperado.

Entonces, surgió una oportunidad perfecta para él. Debía ir a Niza para hablar con un distribuidor nuevo; lo que significaba que estaría a muchos kilómetros de Allegra y que, por fin, tendría tiempo para pensar.

Pero Allegra no le facilitó las cosas.

–En ese caso, te acompañaré.

–No es necesario, Allie…

Ella se cruzó de brazos y lo miró fijamente.

–También son mis viñedos. Te acompañaré.

–Te aburrirás mucho –replicó.

–Al contrario. Tendré la oportunidad de aprender más sobre distribución de vinos.

–Lo dudo. Hablaremos en francés.

–Ah, no te preocupes por eso. Lo entiendo mucho mejor que cuando llegué a Les Trois Closes. Y si no entiendo algo, tú me lo traducirás más tarde.

Xavier le dio todo tipo de razones para que no lo acompañara y Allegra replicó con todo tipo de razones en sentido contrario. Al final, ella se salió con la suya. Pero Xavier no imaginaba que la situación estaba a punto de empeorar.

Cuando ya se había hecho a la idea de ir a Niza, el distribuidor lo llamó por teléfono para informarle de un pequeño cambio.

–Ya no vamos a Niza.

–¿Qué quieres decir? ¿Ha retrasado la reunión?

–No. La ha cambiado de sitio. Quiere que nos veamos en París.

Para Xavier, era la peor de las perspectivas posibles. La capital francesa era peligrosamente romántica para estar con ella. Sobre todo porque también era el sitio al que había pensado llevarla diez años atrás para pedirle el matrimonio.

–¿París? –dijo ella, palideciendo.

–No hace falta que me acompañes.

–No, descuida… Iré contigo.

El martes por la mañana, fueron en coche a Avignon y tomaron el tren de alta velocidad a París. Durante el trayecto, él abrió su ordenador portátil e intentó concentrarse en el trabajo, pero no le podía quitar los ojos de encima. Llegaron a París con el tiempo justo para dejar sus cosas en el hotel y reunirse con Matthieu Charbonnier, el distribuidor. Y Xavier sufrió un ataque de celos cuando el hombre, algo mayor que él, le besó la mano a Allegra.

Aquello era absurdo. No tenía derecho a estar celoso. Pero lo estaba y, por si eso fuera poco, Allegra y el distribuidor congeniaron desde el principio. Hasta el punto de que, cuando Matthieu se enteró de que ella era inglesa, insistió en hablar en su idioma.

La reunión fue un éxito. El distribuidor les propuso que presentaran alguno de los vinos a un concurso, porque pensaba que tendría posibilidades de ganar y le parecía adecuado en términos publicitarios. A Allegra le gustó mucho la idea, pero Xavier se negó con el argumento de que sus vinos hablaban por sí mismos y que no necesitaban ningún concurso.

Al final, llegaron a un acuerdo beneficioso para las dos partes. Cuando se despidieron, Matthieu volvió a besarle la mano a alegra y le dio su tarjeta.

—Aquí tienes mi número de teléfono, por si necesitas hablar conmigo —le dijo—. Me habría gustado invitarte a cenar esta noche, pero me temo que tengo que volver a Londres. Quizás en otro momento…

Xavier pensó que tendría que ser por encima de su cadáver. Luego, estrechó la mano del distribuidor y se marchó con Allegra.

—Ha ido muy bien, ¿verdad? —dijo ella, encantada.

—Hum… —replicó él sombrío.

—¿Tenemos algo que hacer esta tarde?

—No. ¿Por qué lo preguntas?

—Porque me gustaría ver París.

–No me digas que es la primera vez que vienes…

–He estado un par de veces, pero solo en el aeropuerto y en la estación de ferrocarril. Me gustaría que me enseñaras la ciudad; pero si no es posible, me buscaré un guía.

–No te preocupes. Te la enseñaré yo.

–¿En serio? Muchas gracias… –replicó, sonriendo de oreja a oreja.

–Sin embargo, no tendremos tiempo para verlo todo. Si te parece bien, podemos dar un paseo por la zona del Louvre o visitar algunos de los edificios más interesantes.

–Tengo una idea… ¿Por qué no nos quedamos un día más?

Xavier pensó que era una idea nefasta, pero la miró a los ojos y se supo perdido al instante.

–Está bien. En ese caso, empezaremos por Notre Dame.

La llevó a la Ile de la Cité, donde estuvieron admirando la preciosa catedral. Tras caminar un buen rato, Xavier pensó que se habían ganado un par de helados y cruzaron el puente hasta la Ile Saint Louis, donde se acercaron a un puesto y le compró un *fraise de bois*.

–Está buenísimo –dijo ella–. Es el mejor helado que he tomado nunca. Gracias, Xav.

–De nada –dijo, sonriendo–. Es el mejor de París.

Xavier le ofreció su helado para que lo probara; pero, para su sorpresa, Allegra no lamió el helado, sino sus labios.

–Hum. Sabe muy bien.

–Allie… Ten cuidado con lo que haces. Mi paciencia tiene un límite.

Ella sonrió y él la llevó entonces a la torre Eiffel, a sabiendas de que su resistencia se estaba empezando a derrumbar. Cuando llegaron, entraron en el ascensor y subieron a lo más alto.

–La vista es preciosa… –dijo ella–. Por cierto, ¿por qué dicen que París es la ciudad de la luz?

–¿La Ville Lumiere? Por la iluminación nocturna. Aquí se enciende antes que en otras ciudades –le explicó.

–Me encantaría ver París de noche. ¿No podríamos cenar en algún lugar con buenas vistas?

–Por supuesto. Pero se está haciendo tarde… Si quieres que cenemos, tendremos que volver al hotel y cambiarnos de ropa.

Tras un paso rápido por el hotel, terminaron en Montmartre. Allegra se puso un vestido sin mangas, de color frambuesa, con un escote en forma de uve con unos zapatos de tacón alto, del color del vestido, y un collar de perlas negras.

Xavier pensó que estaba sencillamente impresionante.

–Este lugar es una maravilla –dijo ella mientras paseaban por las calles.

–Aquí vivieron muchos de los artistas más famosos del mundo: Picasso, Degas, Matisse, Renoir…

–No me extraña que se quedaran a vivir aquí. ¿Conoces bien la zona?

–Por supuesto. Es mi barrio preferido de París,

aunque a veces hay demasiados turistas. Seguro que te suena la Place du Tertre... De día, se llena de artistas callejeros.

—¿Podemos ir mañana?

—Claro que sí.

Xavier la llevó a un restaurante en el que había estado antes. Era bonito y sabía que la comida era buena.

La cena, durante la que compartieron una botella de champán, acabó con el poco control que aún tenía Xavier sobre sus emociones. Al llegar a los postres, ella pidió tarta de chocolate y, después, le ofreció una cucharadita. Pero, para llevársela a la boca, se tuvo que inclinar hacia delante. Y le ofreció una vista perfecta de su escote.

Ya no podía más. Cuando terminaron con los cafés, pagó la cuenta a pesar de las protestas de Allegra, que insistió en pagar su parte, y la llevó al exterior. Momentos después, se detuvo bajo una de las farolas, le dio un beso en los labios y dijo:

—Si no quieres que siga adelante, será mejor que lo digas ahora. No me hago responsable de lo que pueda pasar. Estoy a punto de perder el control.

—Me alegro, porque quiero que lo pierdas —replicó ella con apasionamiento—. Quiero que lo pierdas todo, entero.

—Me vuelves loco, Allie... —declaró con voz ronca—. Quiero llevarte a la cama y hacer el amor.

—Entonces, los dos queremos lo mismo.

Sin decir otra palabra, se dirigieron al hotel y entraron en la habitación de Xavier. En cuanto cerraron la puerta, se empezaron a desnudar. Se deseaban demasiado para tomárselo con calma; pero, entre besos y caricias, consiguieron llegar a la cama y tumbarse.

–Hazme el amor, Xav –le rogó ella.

–¿Ya? –susurró él.

–Sí. Ahora mismo.

Él sacó un preservativo. Estaba tan excitado que sus manos temblaban, y tuvo algún problema para ponérselo. Pero, al final, la penetró con toda la delicadeza que pudo y ella le recompensó con un gemido de placer. A Xavier le encantaba que se entregara a él de un modo tan absoluto, dando todo lo que tenía y exigiendo a cambio lo mismo.

–*Je t'aime...* –dijo ella.

Xavier la besó con pasión. Y al cabo de unos minutos, cuando los dos habían llegado al orgasmo, él la abrazó y repitió sus mismas palabras.

–*Je t'aime,* Allie.

Allegra le puso un dedo en los labios.

–No, Xav, no digas eso. Sé que lo estás pensando, pero no lo digas. Dame al menos esta noche.

Él le besó el dedo.

–Está bien, como quieras. Ahora mismo, ni siquiera puedo pensar.

–Pues no pienses –replicó–. Quédate a dormir conmigo. Quiero despertar entre tus brazos. Solo quiero que me abraces.

–Lo sé, *petite.*

Él la besó de nuevo y se dirigió al cuarto de baño para quitarse el preservativo. Cuando volvió a la cama, notó que en los ojos de Allegra había un destello de temor. Las cosas se habían complicado mucho, pero quiso dejar sus preocupaciones para el día siguiente. De momento, se quedaría con ella y dormiría con ella entre sus brazos.

–No te preocupes, Allie. *Tout va s´arranger* –declaro con dulzura–. Todo va a salir bien.

Allegra se despertó con la cabeza apoyada en el hombro de Xavier. Aún estaba dormido, pero sus ojos se abrieron momentos más tarde.

–Buenos días –dijo ella con una sonrisa.

–Buenos días.

Él la miró con pánico y ella lo acarició.

–Recuerda que estamos en París… No es momento de dudas y temores. Saldremos a pasear y disfrutaremos del día sin preguntarnos nada. ¿De acuerdo?

–De acuerdo. Pero esta tarde tenemos que volver. Solo tenemos medio día –le recordó él.

–Razón de más para que lo aprovechemos a fondo –Allegra le dio un beso en el pecho–. ¿Qué te parece si nos duchamos juntos?

Xavier se puso tenso, pero asintió y la llevó a la ducha.

Luego, tras un desayuno consistente en café y unos bollitos de chocolate, se tomaron de la mano y pasearon por las Tullerías, entre fuentes y esculturas. Más tarde, visitaron el museo de L´Orangerie y a continuación, tomaron el metro hasta

Montmartre y subieron en el funicular que llevaba a lo alto de la colina.

Allegra se quedó anonadada con la vista de la preciosa y blanca basílica de Sacré Coeur, que sirvió de prólogo a la visita de la Place du Tertre.

Mientras paseaban entre la gente, Allegra se fijó en un retratista callejero y dijo:

–¿Podemos?

–¿Por que no?

Diez minutos más tarde, Allegra estaba en posesión de un retrato de ambos. Y Xavier la estaba mirando como si la creyera la mujer más bella del mundo.

Por fin, llegó el momento de tomar el tren y volver a Avignon. Sus vacaciones en París habían terminado.

–¿Qué vamos a hacer ahora? –preguntó ella.

–No lo sé –respondió él con sinceridad–. ¿Qué quieres tú?

Ella suspiró.

–Quiero un hombre que quiera las mismas cosas que yo. Un hombre que me respete por lo que soy, una mujer independiente con su propia forma de ver el mundo. Un hombre que respete tanto mi inteligencia como mi cuerpo.

Xavier pensó que eso no era un problema.

–Y quiero echar raíces –continuó ella–. Quiero que ese hombre viva conmigo.

–¿Dónde? ¿En Les Trois Closes?

–Adoro los viñedos, pero, sinceramente, no lo sé –respondió con impotencia–. Me siento como si estuviera en un cruce de caminos y no supiera cuál tomar.

A Xavier se le hizo un nudo en la garganta. Por lo que Allegra le había contado, estaba seguro de que quería volver a Londres y no se atrevía a decirlo. A fin de cuentas, le había confesado que allí se sentía segura. Y si la independencia era tan importante para ella, elegiría un lugar donde ella tuviera el control.

Un lugar que solo podía ser Londres.

Pero, en ese caso, estaban condenados a separarse. Porque Xavier no podía vivir en Londres, ni siquiera por Allegra. Su hogar le importaba demasiado.

Allegra suspiró. Le habría gustado que le pidiera que se quedara con él, pero Xavier no se lo pidió. ¿Se habría vuelto a encerrar en sí mismo? ¿Estaría pensando que el amor no merecía la pena y que no se podía arriesgar a sufrir otra decepción?

Ella sabía que, si en ese momento le pasaba los brazos alrededor del cuello y lo besaba, él respondería con pasión. Físicamente, estaban hechos el uno para el otro. Pero Allegra quería algo más que sexo. Quería su corazón.

Solo había una salida: tendría que encontrar la forma de derribar sus barreras.

Capítulo Once

Fue un viaje silencioso. Ella había tenido la impresión de que, kilómetro a kilómetro, él se iba distanciando un poco más.

Xavier no estaba en el despacho cuando Allegra llegó a la mañana siguiente, así que abrió el bolso, sacó la tarjeta de Matthieu Charbonnier y lo llamó por teléfono. Dos minutos después, tenía la información que necesitaba. Veinte minutos después, apuntó el Clos Quatre en un concurso vinícola.

Sabia que no tenía derecho a tomar esa decisión sin consultarlo antes con Xavier, pero también sabía que él se habría negado. Y le quería demostrar una cosa. Tenía que hacerle ver que sus vinos eran fantásticos y que Les Trois Closes ya no era la empresa en dificultades que había heredado de su padre.

El jueves de la semana siguiente, Guy entró en el despacho y se sentó en el borde de la mesa.

—Me alegro de verte, Allie.

—Hola. No esperaba tu visita… ¿Vienes a pasar el fin de semana?

–Sí. ¿Vas a hacer algo esta noche?

–No, nada importante –dijo, encogiéndose de hombros–. ¿Por qué?

–Porque hace una noche perfecta para cenar en el jardín.

–¿La invitación es solo para mí? ¿O también para Xav?

–Para los dos. ¿Es que hay algún problema?

–No –mintió, imaginando que Xavier no querría estar presente–. Yo llevaré el postre. Llevaría también el vino, pero no me atrevo.

–En ese caso, nos veremos a las siete y media. *A bientot…*

Aquella tarde, Allegra se acercó al pueblo para comprar una tarta en la tienda de Nicole. Luego, se dirigió a la bodega y llamó a la puerta. Le abrió Xavier, que la miró con cara de pocos amigos.

–¿Qué estás haciendo aquí?

–La he invitado yo –intervino Guy, que apareció de repente en el vestíbulo–. Bienvenida, Allie. Pasa y tómate una copa de vino.

–Gracias, Guy. Espero que te guste la tarta.

Tras dejar la tarta en el frigorífico, Guy la llevó al patio y le sirvió un rosado.

–Tal vez debería marcharme a casa –dijo ella–. Xavier no parece muy contento.

–No le hagas caso. Hace días que está de mal humor. Por cierto, he estado echando un vistazo a tu blog. Me parece magnífico.

–Gracias.

–Y me encantan las etiquetas nuevas. De hecho,

confieso que te he invitado por eso… ¿Tu diseñadora estaría dispuesta a trabajar para mí?

–No lo sé, pero se lo puedo preguntar.

–Estoy trabajando en un perfume nuevo –le explicó–. ¿Por qué no vienes a Grasse un día? Te enseñaré el sitio. Y, quién sabe… Hasta es posible que tú también me puedas ayudar.

Para sorpresa de Allegra, Xavier apareció al cabo de unos minutos con carne a la parrilla y una ensalada. Fue una cena algo tensa, pero Guy llevó el peso de la conversación y, al final, le hizo una petición desconcertante:

–Xav me ha dicho que tocas muy bien el piano. ¿Podrías tocar para nosotros?

Allegra lanzó una mirada a Xavier, que apartó la vista.

–Por supuesto que sí.

Se sentó en el taburete y empezó a interpretar una versión de *Time after Time*. Pero ni siquiera había llegado a la mitad cuando Xavier se levantó de repente y se fue sin decir nada.

–Disculpa a mí hermano –dijo Guy–. Es un idiota.

–No, no… Ha sido culpa mía. No debí tocar el piano. He arruinado la velada.

–Tú no has hecho nada malo, *petite*.

–Será mejor que me vaya a casa.

–Te llevaré en mi coche.

Minutos después, Guy metió la bicicleta en el maletero del vehículo y la invitó a subir.

–Sigues enamorada de él, ¿verdad?

–Me temo que sí –admitió con voz quebrada–.

Pero tu hermano no aprenderá nunca a confiar en mí, y no me puedo quedar en estas circunstancias. He decidido volver a Londres. Si me quedo aquí, será más infeliz de lo que ya es.

—Lo siento mucho, *chérie*. Aquí tienes mi número de teléfono personal y el número de mi trabajo. Si me necesitas, llámame. Sabes que puedes contar conmigo.

Veinte minutos después, Guy entró en el despacho de Xavier y le apagó el ordenador.

—¡Eh! ¡Que estaba trabajando! –protestó.

—¿Sabes que eres el hombre más obtuso del mundo? Allie está enamorada de ti…

—¿Y qué?

—Por todos los diablos. No me cuentes otra vez esa historia de que los Lefevre estamos condenados al desamor. Es verdad que nuestros padres se divorciaron, pero fueron felices muchos años. Y en cuanto a mí, el fracaso de mi relación con Vera fue culpa de los dos –dijo–. Piensa bien lo que haces, Xavier. Allie y tú estáis hechos el uno para el otro.

—Creo que los productos químicos te están dañando el cerebro –se burló.

—Admítelo, *mon frère*. Estás enamorado de ella, pero te da miedo. Deja de ser tan estúpido. ¿Es que no te das cuenta de la suerte que tienes? Has encontrado a la mujer perfecta para ti.

—Pero no confío en mi buen juicio cuando estoy con Allie.

—Entonces, confía en el mío –Guy se encogió de hombros–. Si tienes dos dedos de frente, la llamarás por teléfono ahora mismo y le pedirás disculpas. Dile que tenías miedo, que no sabías lo que hacías, que estás profundamente enamorado de ella. De lo contrario, se marchará.

—Guy, admito que la amo con toda mi alma. Pero no te metas en asuntos que no comprendes.

—Puede que yo sea más joven que tú, pero tengo más sentido común.

Xavier guardó silencio y Guy se terminó por marchar.

Al día siguiente, Allegra no se presentó en el despacho. Se había ido. Y durante una semana, Xavier se intentó convencer de que no le importaba en absoluto. Pero fracasó en el intento.

Entonces, recibió una llamada telefónica que no esperaba.

—¿Señor Lefevre? Soy Bernard Moreau, de Vins Exceptionnels. Tengo entendido que el Clos Quatre es de su empresa…

—En efecto.

—En tal caso, me alegra poder decirle que su vino ha ganado la medalla de oro de este año.

—¿Cómo? –Xavier se quedó atónito.

—Le llamaremos dentro de poco para darle todos los datos y enviarle la notificación oficial. De momento, solo quería que lo supiera. Felicidades.

Cuando colgó el teléfono, Xavier no podía creer lo que había pasado. Era evidente que Allegra había inscrito el Clos Quatre en un concurso, sin decirle nada. Pero, lejos de molestarle, el suceso sirvió para que comprendiera que había cometido un error con ella. Allegra creía en él, creía en sus vinos, creía en su trabajo. Se lo había demostrado de la mejor forma posible.

Justo entonces, apareció Therese.

–¿Puedes reservarme un vuelo a Londres? No me importa lo que cueste. Quiero estar allí cuanto antes.

La mujer que le abrió la puerta no era Allegra. Xavier pensó que había apuntado mal su dirección, pero decidió presentarse de todas formas por si la conocía.

–Estaba buscando a la señorita Allegra Beauchamp. Soy…

–Sí, ya sé quién es –lo interrumpió–. Veré si Allegra está disponible. Espere aquí.

Momentos más tarde, la mujer volvió al vestíbulo y, tras informarle de que Allegra estaba dispuesta a verlo, lo llevó al salón y le dijo a Allegra:

–Estaré en el bar de enfrente si me necesitas.

–Gracias, Gina.

Gina se fue y Xavier le dio a Allegra las flores que había comprado por el camino.

–Son preciosas… Las pondré en agua.

Allegra se dirigió a la cocina y Xavier la siguió.

–Sé que no lo merezco, pero ¿me darías otra oportunidad? –dijo él.

–¿Para qué? Dejaste bien clara tu posición.

–Es posible, pero ahora sé que estaba equivocado.

Allegra lo miró a los ojos, preguntándose si lo había oído bien.

–¿Qué estás haciendo aquí, Xav?

–He venido a disculparme. Por alejarte de mí, por no confiar en ti, por negarme a creer que creías en mí.

–¿Y por qué te disculpas ahora? ¿Es que ha cambiado algo?

–Recibí una llamada de Vins Exceptionnels. Nos han dado la medalla de oro.

–¿Por el Clos Quatre? ¿Has ganado el premio?

–Lo hemos ganado –puntualizó él.

–¡Qué maravilla! –exclamó, encantada.

Él se acercó y la tomó de la mano.

–Creías tanto en mí que lo presentaste a ese concurso sin decírmelo… Y cuando lo supe, me di cuenta de que yo también creía en ti –le confesó–. Sé que quieres echar raíces y que quieres echarlas aquí, en Londres; dejaré los viñedos en manos de otra persona y me vendré a vivir contigo.

Allegra se quedó perpleja.

–¿Te vas a mudar a Londres? ¿Por mí?

–Sí, por ti. Mi hogar está donde estés tú. Adoro Ardeche, pero sin ti no significa nada. Sé que he tardado mucho en darme cuenta. Te amo, Allie. Sé que te he hecho daño y lo siento; pero si me das otra oportunidad, intentaré hacerte feliz.

–Me amas… –dijo ella, asombrada.

–Te he amado desde siempre. Lo supe cuando estábamos en París, pero me dio miedo. El amor hace que te sientas tan vulnerable…

Ella sacudió la cabeza.

–No quiero que vengas a Londres.

–¿Es que ya es demasiado tarde?

–No, me has interpretado mal. No quiero que vengas a Londres porque sé que no podrías vivir lejos de Les Trois Closes.

–Pero yo te amo, Allie. Si estás conmigo, lo demás no importa. Quiero vivir donde tú seas feliz.

–En ese caso, volveremos a Francia.

Xavier le dio un beso en la mano.

–Oh, mi amor… Si quieres, construiremos una casa nueva junto a la laguna. Empezaremos de nuevo, tú y yo, juntos… y si tenemos suerte, con nuestros hijos.

Los ojos de Allegra se llegaron de lágrimas.

–No llores, Allie –le rogó.

–Es que…

Xavier la abrazó con ternura.

–No estés triste, *ma belle*. Te amo. Por ti, haré lo que sea.

–No lloro porque esté triste, sino porque soy la mujer más feliz del mundo. Pensé que jamás llegaría este momento, que estabas tan roto por dentro.

–Y lo estaba. Pero tú me has sanado –dijo con suavidad–. Ven a casa conmigo, Allie. Cásate conmigo. Y te conseguiré el perro que querías.

Ella sonrió y le dio un beso en los labios.

–Sí, Xavier. Me casaré contigo.

Capítulo Doce

Gina reaccionó con escepticismo cuando Allegra la llamó para darle la noticia; pero, tras volver al piso y pasar una hora con ellos, se tranquilizó.

–Espero que cuides a Allegra y la trates como se merece –le dijo a Xavier.

–Por supuesto. De hecho, mañana mismo le compraré un anillo de compromiso en París. ¿Qué os parece si vamos los tres a cenar?

–Mi mejor amiga se va mañana a Francia y no sé cuándo la volveré a ver, así que acepto –dijo Gina.

Xavier sonrió.

–Puedes venir a vernos cuando quieras.

Después de la cena, llevaron a Gina a su casa y, a continuación, volvieron al piso de Allegra.

–No sabes cuánto te amo, Allie. Jamás pensé que se pudiera querer tanto a nadie…

–A mí me pasa lo mismo –Allegra le acarició la mejilla–. Y sabía que ibas a ganar esa medalla… Tu padre estaría muy orgulloso de ti.

–Y Harry de ti. Te has ganado el afecto y el respeto de todas las personas que trabajan en los viñedos –afirmó–. Pero estaba pensando que quizás quieras que esperemos un poco para casarnos… Hasta que esté terminada la casa nueva.

–No es necesario. Podemos vivir en la casa de Harry.

–Como prefieras. Si por mi fuera, me casaría contigo mañana mismo.

A la mañana siguiente, Xavier le llevó el desayuno a la cama y, acto seguido, reservó los billetes de avión y una suite en un hotel de París.

–¿Nos vamos a quedar a pasar la noche? –preguntó ella.

–Sí. Ya sabes que, hace diez años, tenía intención de pedirte el matrimonio en París. Me temo que mi propuesta llega un poco tarde, pero…

Ella sonrió.

–Olvídalo; eso es agua pasada. Los dos hemos aprendido de nuestros errores.

Él le dio un beso.

Horas después, llegaron a la capital francesa. La suite era un lugar increíblemente lujoso; tenía una cama enorme con dosel, una bañera circular de mármol, un salón que daba al Sena y una terraza con vistas de toda la ciudad.

–Es precioso…

–Como tú –dijo él–. Pero ahora tenemos que ir de compras.

Xavier la llevó a los Campos Elíseos y luego a una de las mejores joyerías de París.

Allegra se probó varios anillos impresionantes y, al final, eligió el más sencillo de todos, uno de platino con un diamante en el centro.

El resto de la tarde, se dedicaron a pasear. En determinado momento, Xavier propuso que volvieran al hotel para cambiarse de ropa y ella se preguntó qué lugar habría elegido para entregarle el anillo oficialmente. ¿La torre Eiffel? ¿Montmartre? ¿El Arco del Triunfo?

–Antes que nada, quiero compartir algo contigo.

Xavier llenó la enorme bañera circular de la suite, le quitó la ropa lentamente y, cuando ella ya se había metido en el agua, se desnudó y se sentó a su lado.

Las vistas eran increíbles. Al fondo, la basílica de Sacre Coeur se recortaba contra el cielo nocturno.

–Xav, esto es tan…

–Esto es tú y yo, solos –dijo él.

Xavier la besó apasionadamente y, a continuación, la sentó sobre sus piernas.

–Será mejor que me ponga un preservativo… –dijo él.

–No, nada de eso. No quiero más barreras entre nosotros. Te quiero entero, Xav.

Hicieron el amor en la bañera, con tanta pasión como la primera vez. Y cuando los dos llegaron al orgasmo, él dijo:

–Eres la mujer más maravillosa del mundo. No encuentro palabras para definir lo que siento.

–Ni yo.

–Inténtalo –la desafió con una sonrisa.

Ella le frotó la nariz.

–Está bien… Me enamoré de ti a los ocho años, ¿sabes? Decidí que eras el hombre de mi vida y que, al final, terminaríamos juntos. Te he amado durante años, incluso cuando creía que ya no te amaba. Y te amaré siempre.

Él le dio un beso.

—Te dejaré un rato a solas, *ma belle*. Tus cosas están en el vestidor. Te estaré esperando.

Minutos más tarde, se encontraron en el salón. Ella ya se había vestido, y él se había puesto un traje de color oscuro, con camisa blanca y corbata de seda. A Allegra le pareció el hombre más refinado del mundo.

—¿Me concedes el placer de cenar contigo? —preguntó él.

—*Bien sur, monsieur Lefevre...* —contestó ella.

Él la tomó del brazo y, justo cuando Allegra pensó que iba a abrir la puerta del ascensor privado para llevarla a algún rincón romántico de París, giró y la llevó a la terraza. El servicio de habitaciones había instalado una mesa con un mantel blanco, un candelabro de plata, cubiertos, vajilla y un ramo de rosas.

—Bienvenida a la Ciudad de la Luz —dijo él—. Quiero que recuerdes siempre esta noche, porque esta noche es especial.

Después de los cafés, Xavier sacó la cajita azul que llevaba en el bolsillo, clavó una rodilla en el suelo y, ofreciéndole el anillo, declaró:

—Allegra, ¿quieres ser mi esposa y compañera hasta el fin de nuestros días?

—Sí, quiero.

Y sellaron su compromiso con un beso.

Deseo

UNA PROPUESTA PARA AMY

TESSA RADLEY

La prometida del difunto hermano de Heath Saxon, Amy
Wright, estaba embarazada del
heredero de los Saxon. Amy
había pensado marcharse de la
ciudad, pero la oveja negra de
la poderosa familia Saxon no
iba a permitírselo. Heath le había propuesto a Amy legitimar
al bebé casándose con él. No
iba a ser tarea fácil convencer-
la. Hasta que una noche le de-
mostró cómo sería su vida si
fuera su esposa.
Pero Amy guardaba un gran secreto acerca del bebé…

¿Quién era el verdadero padre?

¡YA EN TU PUNTO DE VENTA!

Acepte 2 de nuestras mejores novelas de amor GRATIS

¡Y reciba un regalo sorpresa!

Oferta especial de tiempo limitado

Rellene el cupón y envíelo a
Harlequin Reader Service®
3010 Walden Ave.
P.O. Box 1867
Buffalo, N.Y. 14240-1867

¡Si! Por favor, envíenme 2 novelas de amor de Harlequin (1 Bianca® y 1 Deseo®) gratis, más el regalo sorpresa. Luego remítanme 4 novelas nuevas todos los meses, las cuales recibiré mucho antes de que aparezcan en librerías, y factúrenme al bajo precio de $3,24 cada una, más $0,25 por envío e impuesto de ventas, si corresponde*. Este es el precio total, y es un ahorro de casi el 20% sobre el precio de portada. !Una oferta excelente! Entiendo que el hecho de aceptar estos libros y el regalo no me obliga en forma alguna a la compra de libros adicionales. Y también que puedo devolver cualquier envío y cancelar en cualquier momento. Aún si decido no comprar ningún otro libro de Harlequin, los 2 libros gratis y el regalo sorpresa son míos para siempre.

416 LBN DU7N

Nombre y apellido	(Por favor, letra de molde)
Dirección	Apartamento No.
Ciudad	Estado Zona postal

Esta oferta se limita a un pedido por hogar y no está disponible para los subscriptores actuales de Deseo® y Bianca®.
*Los términos y precios quedan sujetos a cambios sin aviso previo.
Impuestos de ventas aplican en N.Y.

SPN-03   ©2003 Harlequin Enterprises Limited

Una hermosa... ¿ladrona?

Raoul Zesiger tenía todo lo que un hombre pudiera desear, incluyendo a Sirena Abbott, la perfecta secretaria que se ocupaba de mantener su vida organizada. Al menos eso era lo que le parecía hasta que compartieron una tórrida y apasionada noche. Al día siguiente, la hizo arrestar por malversación.

Quizás se hubiera librado de la cárcel, pero Sirena era consciente de que permanecería ligada a Zesiger por algo más que el pasado. Con Raoul decidido a cobrarse la deuda, Sirena se sentía atrapada entre la culpa y una imposible atracción. Pero ¿qué sucedería cuando Raoul descubriera la verdad sobre el robo?

Pasión y castigo

Dani Collins

Deseo

EN LA CAMA CON SU MEJOR AMIGO

PAULA ROE

Después de una noche de amor desatado, Marco Corelli se había convertido en alguien fundamental en la vida de Kat Jackson, porque estaba a punto de convertirse en el orgulloso padre de su hijo.

Kat no era capaz de entender cómo había podido acostarse con su mejor amigo. Siempre había logrado resistirse a sus innegables encantos, pero cuando la llevó a una isla privada para discutir el asunto, llegó la hora de enfrentarse con la verdad… que Marco y ella eran mucho más que amigos.

De amigos íntimos a amantes

¡YA EN TU PUNTO DE VENTA!